Collection Prose
Dirigée par Marie-Ève Landry

LE CINQUIÈME CORRIDOR

Dépôt légal / Premier trimestre 2015, BNQ et BNC.

Conception graphique de la couverture : Kinos.
Conception graphique de l'intérieur : Jovette Cyr.

CATALOGAGE AVANT PUBLICATION DE BIBLIOTHÈQUE ET ARCHIVES CANADA

LeBlanc-Poirier, Daniel, 1984-, auteur
Le cinquième corridor / Daniel Leblanc-Poirier.

ISBN 978-2-89691-139-4 (couverture souple)

I. Titre.

PS8623.E3714C56 2015 C843'.6 C2015-900010-6

DISTRIBUTION EN LIBRAIRIE AU QUÉBEC
Diffusion Prologue
1650, boulevard Lionel-Bertrand
Boisbriand (Qc) J7E 4H4

AILLEURS AU CANADA ET EN EUROPE
Les Éditions Perce-Neige
22-140, rue Botsford
Moncton (N.-B.)
Canada E1C 4X4

editionsperceneige.ca
perceneige@nb.aibn.com
Tél. : (506) 383-4446
(506) 380-0740

La production des Éditions Perce-Neige est rendue possible grâce à la contribution financière du Conseil des Arts du Canada et de la Direction du développement des arts du Nouveau-Brunswick.

Ce livre est conforme à la nouvelle orthographe.
www.orthographe-recommandee.info

Daniel Leblanc-Poirier

Le Cinquième Corridor

Roman

Les Éditions Perce-Neige

PROLOGUE

Aujourd'hui, j'ai croisé Mylène dans l'ouest de la ville. Elle marchait vers l'est avec sa mère. Leur déplacement traçait une droite. Elles étaient belles. Elles sont passées à côté de moi tellement proche que j'ai entendu parfaitement ce qu'elles disaient. C'était à propos d'une personne partie d'un point A qui se rapprochait du point B. Je me suis arrêté quand elles sont arrivées à ma hauteur. J'étais au point invisible. Elles ne m'ont pas vu. Je suis resté un long moment. Un poteau regardant dans leur direction, souhaitant être le trottoir pour les reconduire jusqu'à leur hôtel. Les bras pendants comme des ellipses, je me suis réfugié sous des écouteurs. J'ai écouté la bossanova qui me rappelait nous deux, la musique qui alimentait encore les percussions de larmes sous mes yeux. Je les refoulais en battant des cils. J'aurais eu envie de monter dans un taxi et de les rejoindre, pour outrepasser le fait que j'avais été un mauvais frappeur qui avait laissé passer une bonne balle.

J'ai marché à contrecourant des voitures le cœur gros comme une montgolfière, prenant bien soin de ne pas m'envoler. En évitant une craque du trottoir, je me suis rappelé son parfum, l'odeur m'est revenue, c'était presque comme si ça montait du sol. Et tout à coup, c'est devenu évident, je voyais le contraste entre elle et moi et j'ai ressenti la honte, la vraie. J'ai eu honte de mes cheveux gras, luisants comme du beurre, mais aussi de la canette de bière chaude que je tenais dans ma main. Mais ce matin, avant de les croiser, j'ai vu un vieux monsieur battre une guitare désaccordée sur la rue et chanter du Hank Williams. Je crois que c'est là que tout a commencé. Je suis resté sur ma faim en l'écoutant. Il ne connaissait qu'un seul couplet de la chanson. Alors pendant qu'il le répétait indéfiniment, moi, je chantais les autres. On n'était pas en phase. Le vieux soulon entonnait : « today I passed you on the street, and my heart fell at your feet ». Et moi je répondais : « I can't help it if I'm still in love with you ».

C'est environ cinq minutes plus tard que j'ai croisé Mylène. La chanson s'est concrétisée à ce coin de rue exact. Ça fait cinq ans que je pense à Mylène tous les jours et je me demande chaque fois si elle a vieilli. Mais, aujourd'hui, la vérité c'est que, d'entre nous deux, c'est moi qui paraissais le plus vieux.

MYLÈNE SARAH QUI ?

Au début, les oiseaux faisaient l'amour dans un arbre devant sa maison. Ils avaient attiré mon attention. Le lendemain, j'y suis retourné et les oiseaux n'étaient plus là. C'est comme ça la vie, ça commence par une petite chose qui grandit et finalement ça implose. C'est un cycle. Aujourd'hui, j'aimerais défaire les tresses de Mylène. J'aimerais recommencer à zéro. J'aimerais avoir compris que mon destin est une émeute qui passe par elle, qu'ensemble nous sommes le peuple. Dans la nuit, les étoiles percent le ciel de tout bord tout côté, Mylène et moi on se tient par la main. On est couchés sur une petite butte devant l'école. Ce soir-là, j'ai l'impression qu'on s'est fondé un petit monde ou au moins une petite bulle.

LE POMMIER

L'autre s'appelait Margaux. Quand elle est venue chez moi la première fois on a fait dégouliner de la peinture par la fenêtre. C'était beau, en bas, sur le trottoir. On a vu ça comme un signe, comme si quelque chose de spécial nous arrivait. C'est pour ça qu'on a couché ensemble. On a baisé le plus longtemps qu'on a pu en entendant la pluie se retenir à chaque sirène, comme si elle tombait avec parcimonie pour qu'on l'écoute. Mais le téléphone a sonné. C'est comme ça que la révolution est restée dans l'œuf. Margaux s'est rhabillée, elle a mis du sable dans mon engrenage et elle est partie. Ce soir-là, je l'avais rappelée. Je lui avais dit « la révolution se fait de toute façon ». Je parlais un langage codé. Elle ne comprenait pas. On a raccroché. Je sais que son chum est arrivé. Elle l'a giflé. Il est parti. Il a fait un accident de voiture. Je pense qu'il a frappé quelqu'un. Je ne sais pas. La police était là. Margaux a été le rejoindre. Margaux a mis ses culottes. Margaux lui a dit qu'elle ne voulait plus être sa blonde. Elle lui a donné une claque sur la gueule. Elle est partie. Mais, moi, je n'ai pas quitté Mylène. On a enfanté un imbroglio. On s'est retrouvés prisonniers d'un nœud construit avec les matériaux de l'époque. C'était une période fuckée. Il pleuvait tout le temps. Je me sentais partagé entre deux chaises plus confortables l'une que l'autre. Mais la pluie n'était pas le vrai problème. La preuve ? J'ai rencontré Margaux un jour où il pleuvait à siau. Je suis entré dans un café et elle était assise à une table. On aurait dit qu'elle avait bu un verre de lumière et que ça lui ressortait par les pores. On sentait tout de suite qu'elle s'y connaissait dans l'art de libérer un pays. Je me suis assis devant elle, je ne lui ai pas demandé la permission. J'ai retiré mon manteau de cuirette. Elle me fixait. Elle est tombée amoureuse de moi à ce moment-là. Je lui ai dit «toi et moi on va devenir un nouveau genre de communisme, ça va être du communisme rose, ça va être beau.» C'est comme ça que je me suis retrouvé avec deux blondes. Aujourd'hui, la pluie tombe et je pense à cette journée-là, à l'après-midi complètement gras où je l'ai rencontrée. Mes révolutions se sont emmêlées. Je recommence. C'était un jour de coton, je ne me souviens plus de ce que je portais. Elle, elle portait un tartan, je pense, un pull, elle avait un look de révolutionnaire. Ça me faisait bander, mais j'aurais dû me méfier. Je l'ai laissé entrer dans ma bulle. En entrant dans la sienne, c'était comme un échange, on s'est parlé. Les mains posées à plat sur la table de vieux bois, en gage d'ouverture, on avait l'air de cubes, on s'étudiait les angles, la mathématique était parfaite. On parlait une langue inventée. Ça ressemblait à du russe, mais on embrassait toutes les étapes de la révolution, donc c'était plus symétrique encore. Elle, elle parlait comme ça : elle disait toctoctoc et sa timidité me collectivisait, me menait par le bout du nez. Ça me perturbait. J'étais là, le nez dans les airs. Elle tirait dessus avec ses yeux bleus. Mais elle est partie. Je suis resté derrière avec son petit rouge à lèvres sur la joue à attendre qu'elle revienne. Mais, une fois chez moi, je l'ai croisée dans l'ascenseur. Le métal gris n'arrivait pas à gérer sa beauté. Elle souriait pour me dire qu'on habitait le même immeuble. C'était un code. On s'est parlé dans le blanc des yeux, dans la lumière épicée du néon. Elle allait vers la salle de lavage avec son panier de linge. « Je dois laver mon linge sale. » Du linge sale ? Bof, moi j'aurais pris ses petites bobettes pour m'infuser une tisane. Mais, bien sûr, je ne lui en ai pas parlé. J'ai couru après elle. Je lui ai récité un poème. Elle est devenue rouge, toute timide. Elle me fixait dans les yeux, mordillait sa lèvre. « Appartement 510, dans quarante-cinq minutes ». OK. Je suis allé chez moi fumer une cigarette et une autre et une autre. J'avais de la misère à respirer. Mon érection me remontait dans la gorge. C'était insoutenable. Le temps s'est écoulé, mais avant que je sorte, mon téléphone a sonné, il faisait dring, dring, dring. C'était Mylène. Je n'ai pas répondu. Je suis sorti pendant que ça sonnait et j'ai verrouillé la porte derrière moi. C'était comme pour enfermer Mylène à la maison. J'ai mis les clés dans mes poches, j'ai monté les marches deux par deux. 10-4. J'ai cogné à sa porte, c'était ce jour-là, je ne m'en rappelle plus la date, septembre peut-être, c'était en 2003 et la porte s'est ouverte grande et elle était là, dans son linge beige, gênée, même si le ménage avait été fait et c'est sûr qu'elle l'avait fait, ça sentait propre. OK, je recommence : j'entre dans son salon. Je recommence. Elle me regarde d'abord comme l'adolescente qu'elle est, du haut de ses 17 ans. On passe au salon. Je sors le poème de ma poche, le poème que j'ai écrit pour elle, je le lui donne. Elle le lit deux fois, son visage est rouge, j'ai l'impression qu'on est le peuple et qu'il faut s'unir. La pluie tombe encore, elle s'égoutte sur le bord du balcon d'en haut et elle tombe sur ses plantes. On va à la fenêtre. Elle m'explique que c'est bon qu'il pleuve, pour la nature et tout, mais je sais qu'elle parle juste pour parler parce qu'elle ne sait pas quoi dire. En bas, il y a une manifestation. Je lui explique que c'est comme un triangle, que les manifs ça ne marche pas, que le communisme est rose par nature. Je la regarde. Elle est fraiche. Je le réalise. Ça me fait sourire. Je lui dis « viens je vais te montrer quelque chose. » Et on prend l'ascenseur, on descend. On se tient la main et la pulsion de vie est là, elle est palpable à l'intérieur de nos paumes. Elle m'agrippe les doigts d'une façon si douce. Ça me donne le vertige. On a le vertige, mais on ne s'approche pas l'un de l'autre, on n'ose pas. Je n'ose pas lui dire que j'ai une blonde. Elle n'ose pas me dire non plus qu'elle a un chum. Mais on s'en parle quand même, sans dire un mot, en faisant nos quatre yeux bleus s'accoupler. Et ding ! la porte ouvre et on est dehors. Il mouille, ça fait qu'on retourne en dedans, on ramasse un parapluie dans les objets perdus près des boites à malle. On retourne à l'extérieur. Je la prends par la main. Je la traine dans des dédales de ruelles et, à pieds joints, on saute dans les flaques d'eau, ça splash, ça splouch ! c'est le fun. Il ne fait pas froid, alors c'est OK. Je sais où je l'emmène. Je la fais grimper sur mes mains, elle empoigne l'échelle. Elle monte barreau par barreau. Je vois ses fesses se dessiner sous son jean. J'aurais le gout d'y mettre la main, mais je la laisse monter. Je la rejoins en deux secondes. On est sur un toit devant le centre-ville. Elle a les yeux ouverts comme des cerceaux. Elle regarde et je sens qu'elle a le souffle coupé.

LE CENTRE-VILLE

Il est facile de confondre le vertige et la passion. C'est pourquoi les prisons ne sont jamais construites en hauteur. La police était stationnée sur le coin de la rue le jour où je suis déménagé à la Place du Boulevard. J'avais 19 ans. J'ai abouti dans un appartement sans balcon au troisième étage, mais à la base j'avais été attiré par la hauteur du building. Je recommence. La Place du Boulevard est un édifice de 18 étages. J'arrivais d'une banlieue avec l'idée de me jeter en bas du vertige. OK. Je recommence. Je commande un café au lait dans un établissement de la rue Ste-Catherine que je ne connais pas encore. En le buvant, je regarde les gens passer sur la rue et je me promets de faire partie de leur révolution un jour. La police est parquée sur le coin de la rue. À 19 ans, Mylène et moi,on s'est laissés vers la fin de l'été et c'est là que je me suis lancé. J'ai emménagé à la Place du Boulevard. Je me suis loué un appartement, mais on a repris vers octobre. On s'est embrassés tout de suite en se voyant. C'était sur le Plateau Mont-Royal, je m'en souviens bien.

À cette époque-là, je n'aimais pas le Plateau. Je préférais le centre-ville. Chaque soir, je marchais en boucle Ste-Catherine, entre St-Denis et St-Laurent et j'épiais les petites manies des putes, leur façon de poser un poing sur une hanche et de se pencher vers les voitures. Une fois, j'en ai payé une 20 piastres pour qu'elle vienne prendre un café avec moi. C'était sa fête. Elle avait mangé un gâteau et on avait parlé. J'avais passé un bon moment. Elle m'avait raconté qu'elle était enceinte et plus tard on avait bu du whisky à sa grossesse. Mais tout seul dans mon lit, ce soir-là, j'avais regardé de travers la lumière des néons rentrer par ma fenêtre. Je pensais à Mylène. Je me refaisais la scène de l'après-midi où on s'était réconciliés à Barcelone, en faisant l'amour sous la fenêtre de l'auberge. Ma fenêtre ne donnait plus sur des rires espagnols, mais plutôt j'entendais le bruit des ambulances qui se dirigeaient vers St-Luc.

Les cris des pauvres ont retenti dans la nuit pâle. J'ai regardé le trottoir en bas et il n'y avait pas encore de peinture dessus. Je ne savais pas qu'il allait y en avoir. Il n'y avait rien d'autre que la graisse de mon bacon que je versais chaque matin en allongeant ma poêle par la fenêtre.

LES MONGOLS VOLEURS DE BEAUTÉ

À la même époque, j'ai commencé à appeler toutes les filles « mes petites mongoles voleuses de beauté ». C'était parce que la révolution ne se faisait pas et on s'emmerdait, c'était long dans ce temps-là, la vie était plate. On passait des grandes journées à fumer des cigarettes et on attendait quelque chose, que le système montre une faille et qu'on aille frapper dedans, mais il ne se passait rien. Alors je les traitais comme ça pour jouer avec elles. Elles aimaient ça. Et un jour je me suis fait embaucher dans un hôpital de longue durée au coin René-Lévesque St-Dominique. J'ai oublié mes histoires de GRC et de voitures de police stationnées au coin de la rue, je me suis convaincu qu'elles n'étaient pas vraies. Je me suis simplifié et me suis replié dans mes tâches d'hôpital, j'ai essayé d'aider les handicapés à voler des petits morceaux de bonheur, à gauche et à droite. Ça m'aidait, c'était mon corridor vers la paix. Mais la paix n'était pas prescrite là. Des revendeurs de drogue passaient voir les patients, des prostituées aussi. Les gars signaient le registre du genre Mike, Gerry, Paul et les putes, elles, signaient Chanel, Candy, Bianca. Je me sentais prisonnier d'un engrenage qui broyait mon idéal. En gros, mon rôle principal sur les étages c'était d'allumer les cigarettes pour les patients. Trop handicapés pour fumer seuls, je devais allumer les clopes pour eux et ensuite les enfiler dans un tuyau plein de suie qui faisait le lien entre la cigarette et leur bouche. Ils fumaient en tenant le boyau comme s'ils se raccrochaient à un cordon de vie.

À travers tout ça, je me suis lié d'affection pour une patiente. Elle s'appelait Pagona. Elle était d'une beauté à s'en taper la tête sur l'asphalte, mais elle était toute tordue dans sa chaise. Elle sentait bon. J'utilisais ma pause pour la faire manger. Je la faisais manger en même temps que moi, je mangeais une bouchée de ma sandwich, je lui donnais une bouchée de patates. Parce que les préposés négligeaient les patients à l'heure des repas. Ils leur faisaient manger des assiettes de purées. Ils mélangeaient tout ce qu'il y avait dans le cabaret et ils leur enfonçaient cette bouillie infecte dans la gorge. Le plat principal, la soupe, les biscuits soda, le dessert. Tout ça mélangé. Tout ça dans le fond de la gorge. C'était un travail à la chaine. Pagona ne se faisait pas traiter comme ça. C'est moi qui la faisais manger. Je mangeais une bouchée de ma sandwich, je lui donnais une bouchée de patates. Un jour, après mon quart de travail, je l'ai sortie de l'hôpital. On a été au St-Hubert. On est allés au cinéma. Elle était contente. Elle riait. C'était bon de la sentir gonfler. J'avais l'impression que je changeais sa vie, que je lui laissais entrevoir la possibilité de s'élever. Comme un ballon à l'hélium qui s'envole d'une chaise roulante. Et sur le chemin du retour, la lune était aussi gonflée qu'elle. J'ai flatté ses cheveux roux, en poussant sa chaise le plus lentement possible pour étirer sa ballade. La révolution de ses roues était la seule qui comptait. Je me sentais débarrassé d'un fardeau. En rentrant chez moi ce soir-là, je me sentais comme une bonne personne. J'avais l'impression que je valais quelque chose, que je pouvais apporter du bonheur à quelqu'un. Mais le lendemain j'ai été rencontré par mon boss. Il n'avait pas l'air commode. Ce n'était pas permis d'utiliser ses pauses pour s'occuper d'un patient en particulier. Surtout, de sortir les patients de l'établissement «pour des sorties récréatives tabarnac.» «C'est que c'est injuste pour les autres, Daniel, comprends-tu?» J'avais envie de lui dire fuck off. J'étais assis sur sa chaise beige et je ne devais pas avoir l'air content. Les rideaux fermés du bureau laissaient filtrer une pluie paresseuse. Je me rongeais les ongles. Quand il a demandé «c'est clair?», j'ai dit oui. Je suis retourné à mon poste. Quelques jours sont passés. Et un bon midi, le préposé qui la faisait manger s'est choqué contre elle. Il lui a fait avaler sa purée tout croche. C'était dégoutant. Elle bavait en me regardant, mais je ne pouvais rien faire. Je me suis levé et je suis parti. Tout simplement, sans dire un mot à personne, je suis sorti par la porte principale et je me suis engagé sur le boulevard René-Lévesque. Je ne suis jamais retourné travailler. Ce jour-là, il ne pleuvait pas. J'ai erré longtemps autour de l'endroit où j'ai croisé Mylène ce matin. J'ai marché la rue Ste-Catherine, entre Bleury et St-Mathieu, deux fois, en passant sans le savoir au lieu exact où le vieux soulon chanterait du Hank Williams. Je ne me doutais pas à cette époque que ce coin de rue deviendrait mon lieu de non-retour, le genre de lieu où il n'est même plus nécessaire de revenir et dans lequel je plonge comme dans une piscine qui n'a plus d'eau. Un joueur de jazz laissait glisser son souffle dans une trompette désaffectée ce jour-là. La musique sale qui en sortait a appelé la pluie et soudain les nuages se sont massés par-dessus moi. Il a commencé à pleuvoir. C'était évident, à jouer du jazz comme ça, qu'il arriverait quelque chose. Les braises des passants se sont éteintes. Comme de la vermine, ils ont fourmillé à l'abri. Moi je suis resté à marcher. J'ai essayé de m'allumer une cigarette, mais ce n'était pas possible. Elle est devenue trempée, je l'ai jetée. La pluie roulait sur mes lunettes de soleil comme de petits tracteurs qui n'ont rien à récolter. Je suis entré chez Burger King et j'ai commandé un Whopper junior. Pas assez d'argent pour m'acheter un vrai Whopper. Et comme rien n'est fortuit, c'est précisément ce jour-là que j'ai rencontré Margaux. Je l'ai croisée au café. Elle n'a jamais su que je venais de démissionner. Je ne lui en ai pas parlé. J'étais au-dessus de la situation. Je portais ma chemise à carreaux rose, des jeans, je n'étais pas le genre de gars qui aurait eu une job de toute façon.

DES CLOCHERS

Il pleuvait sur nous. Nous étions sur le toit. Il n'y avait personne d'autre. La pluie tombait. C'était par grosses gouttes. C'était tellement des grosses gouttes que ça formait des câbles. On jouait entre eux, on essayait de se faufiler entre leurs couloirs, les contourner, je sais pas, infiltrer l'averse. C'était juste pour jouer, pour avoir quelque chose à faire. La ville était enveloppée dans les nuages et j'ai dit « regarde, le pont Jacques-Cartier a l'air plus épais dans la brume. » Elle a embarqué dans mon jeu, elle a dit que les édifices avaient l'air de biscuits et c'était vraiment beau, on a dit que la pluie était du lait et que tout autour c'était un décor de film. Nous en étions les deux seuls acteurs. Sur notre toit on s'est pris par la main, on a chanté à tue-tête du Passe-Partout jusqu'à presque nous endormir tellement c'était bon. Mais un éclair nous a réveillés. Le ciel de Montréal s'est fendu en deux, entre le Mont-Royal et la bâtisse Hydro-Québec, et Margaux a eu peur, elle a dit « c'est dang'reux la foudre » et on est descendus du building. Je me suis laissé tomber les pieds dans la ruelle de glaise en premier et ensuite ses beaux pieds propres de princesse ont fait ploc !

On a erré un peu dans le quartier. J'avais l'air d'un hostie de fou, je dansais. On est allés chez moi et on a versé de la peinture par la fenêtre. Il pleuvait, ça se mélangeait avec l'eau qui coulait dans les caniveaux, c'était beau. Je lui ai dit «viens c'est cool» en lui tendant la bouteille, «c'est pour le geste». On a passé une quinzaine de minutes comme ça, à vider deux bouteilles sur le trottoir, à laisser monter la tension avant que je ne lui fasse l'amour, en l'empoignant comme ça, avec les mains pleines de peinture, sans condom. Nos sexes se coordonnaient comme des avions qui décollent, c'était vraiment sacré comme moment. Pendant qu'on baisait, on a entendu le téléphone sonner, mais on était tellement dans une bulle que c'était comme s'il ne sonnait pas. On est restés enlacés contre l'angle aigu de ses cris. C'était comme des petits oiseaux si minuscules qu'on avait envie de mettre du pain entre nos lèvres pour les nourrir. Je me suis rhabillé, Margaux est partie, j'ai essayé de la sortir de ma tête et j'ai rappelé Mylène. Elle m'a demandé où j'étais, pourquoi je ne répondais pas. «Ah! je suis allé entendre une lecture de poésie sur la rue Mont-Royal.» Mais quand j'ai raccroché, je me suis senti vide, comme un petit bungalow à l'ombre d'un grand building. Je sentais que mon troisième étage n'était pas assez haut pour que je puisse me transcender. En gros, je voulais monter encore plus haut... au moins jusqu'au cinquième étage pour rejoindre l'appartement 510 où habitait Margaux.

LES BANLIEUES DE NOS RIDES

Mylène se rendait compte que je capotais sur les filles, mais elle n'en faisait pas un cas, elle connaissait sa valeur. Le problème c'est qu'à l'époque, moi, je ne la connaissais pas. Alors, chaque pas que je prenais m'éloignait d'elle sans jamais qu'on ne se lâche la main. L'élastique s'étirait. Quand les magasins étaient fermés, Mylène aimait aller manger des hotdogs, alors on y allait, on commandait des hotdogs au ketchup. Elle était adorable quand elle en mangeait, elle avait l'air d'une gloutonne, mais c'était l'aristocratie du glouton, le bel équilibre de ses lèvres qui se posaient sur le pain. Et le soir, on marchait sur la rue en cherchant des vedettes. On croisait toutes sortes de fuckés qui nous faisaient peur, mais on se tenait la main et on formait un tout. Quand on croisait un gars qui criait après sa blonde, Mylène me disait que mes mains devenaient moites. C'était, d'après elle, à cause « des mauvais souvenirs ». Chaque fois, je reprenais ma main et je l'essuyais sur mes jeans. Je lui disais «ça, c'est ma guerre à moi.» Au bout d'un coin de rue, au plus, je lui reprenais la main et on passait à autre chose. J'ai repensé à ça aujourd'hui, parce qu'aujourd'hui, je n'ai pas pensé à ma mère. D'habitude, je texte ma sœur, une affaire du genre «waddup man» et elle me répond «waddup». J'enchaine «as-tu des nouvelles de maman?» et elle me répond «non». Je dis «OK le gros, je t'aime» et elle dit «moi aussi.». Mais aujourd'hui, je me suis couché sans avoir pensé à ma mère. C'est en fredonnant la toune de Passe-Partout «do do, ti ti ti maman, do do ti ti ti papa» que j'ai pensé à elle.

Quand ma mère a accès à un téléphone, elle m'appelle à frais virés et je lui offre une oreille dans laquelle ruminer son nœud. Le nœud c'est quand elle ne prend pas ses médicaments et qu'elle finit en psychose, nu-pieds dans la neige en jaquette sur la rue Eddy à Hull, à chercher l'ambulance qui va la ramener sur la rue Aberdeen à Campbellton. Elle essaye de revenir à quand elle était petite. Elle avait des poux jusque dans ses poches. Les enfants la traitaient de belette. Mais c'est comme un aimant qui l'attire jusqu'à l'enfance, l'abus sexuel à huit ans dans une grange avec un vieux. Et quand elle sort de sa psychose, elle rencontre mon père. Mon père est le système. Ça commence toujours par une révolution, l'amour. J'imagine qu'elle a dû se sentir comme une princesse, parce qu'il était plein de fric. Donc elle est tombée enceinte de moi. Il l'a battue toute la grossesse. Mais elle lui pardonnait toujours tout, toute sa vie. Je me souviens qu'elle attendait que les coups aient cessé pour lui dire «je t'aime». Elle venait sur le bord de mon lit pour me chanter des belles berceuses propres. Elle me chantait:

« Do do ti ti ti maman, do do ti ti ti papa. »

Quand ma mère me berce, je ne lui parle pas des fois où je suis allé à la pause de mon cours, au bar western au coin de la rue Sanguinet à la recherche de Claudie, pour acheter du crack. Je ne lui parle pas de la première fois que je l'ai rencontrée, un soir qui ressemblait à ce soir.

SE NOURRIR DE L'ÉCHEC

On était sortis Margaux et moi. Notre finalité c'était la bière la plus proche possible. C'était parce qu'il pleuvait. C'était une constante. Alors, on a couru sous la pluie. Moi je me cachais sous un journal, mais, elle, elle était directement sous l'averse. Elle courait et me regardait avec ses gros yeux. Elle avait les sourcils pleins d'eau, comme pour me dire «on n'est pas fait en chocolat.» Mais quand même, on ne s'est pas éternisés. On a échoué au bar western au coin de Sanguinet. 10-4. Margaux a commencé à conter fleurette au barman. Je me suis retiré à la table d'un ivrogne. J'étais en tabarnac. Je jasais avec lui quand cette fille-là est entrée. Elle s'appelait Claudie. Elle était tellement maigre qu'on avait peur de lui serrer la main. J'ai compris en deux secondes qu'elle vendait du crack. Je n'ai pas réfléchi, mes muscles se sont resserrés, j'ai machinalement sorti mon argent. C'était comme si mon cerveau tirait sur mes tendons et prenait l'argent directement dans ma poche. Elle m'a emmené dehors. Elle a enlevé ses dents. Je n'en croyais pas mes yeux. Les petites roches de crack étaient alignées dans son dentier. Elles étaient cachées là où la police n'irait jamais chercher. J'ai fumé avec sa vieille pipe. Je tirais à même son boyau de vie une fumée qui me paralysait. Je suis rentré dans le bar. J'avais mes lunettes de soleil dans la face. Et Margaux continuait de parler dans le blanc des yeux du barman, un gros plein de merde avec des tatoos qui portait l'odieux de s'appeler Russel. Margaux était dont cute quand elle prononçait son nom, elle disait « Rousselle » et, lui, il aimait ça, alors je suis parti en claquant la porte. J'étais resserré dans un étau. J'ai racheté d'autre crack et je suis allé le fumer chez moi. Je faisais les cent pas dans mon 1 et demi. La couverture cachait la fenêtre et je me sentais prisonnier. De quoi ? Je ne sais pas. D'une révolution qui ne commençait jamais. Pourquoi ? Parce que Margaux n'est pas venue cogner à ma porte ce soir-là. Le lendemain non plus. Le bruit de ses pas dans l'escalier me manquait, mais je n'osais pas en faire résonner moi-même, à l'envers, pour monter jusque chez elle. Et un bon jour, Claudie a disparu du quartier. Le mot circulait à la taverne qu'elle était morte et j'ai vécu un deuil.

LA FUITE ?

Quand j'ai appris sa mort, j'ai erré longtemps dans le quartier à sa recherche. Je ne voulais pas la laisser partir. En la cherchant à chaque coin de rue, je me suis souvenu que, enfant, j'enviais les avions qui passaient par-dessus Gatineau. Ça me faisait paniquer de les voir disparaitre, j'implosais dans le vide de les avoir perdus, de les avoir vu s'en aller sans moi. Je me sentais abandonné derrière, comme isolé dans l'étau de ma vie. L'étau de ma vie c'est d'avoir perdu Mylène. Je recommence, Margaux est entrée chez moi et Mylène était là. Margaux l'a regardé et elle a laissé tomber son regard tout de suite. Il y a eu un malaise. Margaux est retournée chez elle. Le lendemain je suis monté la voir. Elle m'a dit « what the fuck Dan, c'est quoi ça ? C'est ma sosie tabarnac ! ». Je recommence, je me suis rappelé que mon psychiatre m'avait dit que le processus par lequel la quête devenait une fuite prenait assise dans les deux extrêmes qui se rejoignent pour former une boucle dans laquelle on tourne toute notre vie. C'est comme ça qu'on n'avance jamais. J'ai dit « what the fuck ? » Il a dit « tu es à la recherche de toi-même sur des trottoirs. » C'est comme ça que j'en suis venu à faire le tour de moi-même, en faisant le tour du bloc formé par les rues St-Laurent et St-Denis dans la pluie qui imbibe les feuilles mortes, qui les gorge d'eau pour amortir le bruit de mes pas. En silence comme un fantôme sans-papier, dans une nuit de mourants et de promesses, j'habite le corridor formé par les rues St-Denis et St-Laurent, je marche un corridor hanté par des putes et des revendeurs de crack, un corridor qui s'appelle rue. Adolescent, je croyais que c'était ce que je cherchais, un angle de beauté que je m'efforcerais de longer toute ma vie. C'est Nelligan qui me l'avait suggéré. La sévérité de ses sourcils semblait délimiter un quadrilatère que je pourrais habiter. Et j'ai fini à la Place du Boulevard. Je savais que la gravité ne s'appliquerait que partiellement si j'avais l'audace d'exister en chute libre. C'est ainsi que j'avais trouvé un saufconduit pour l'amour en plein milieu de ma solitude, à mi-chemin entre Mylène et Margaux. En somme, Margaux et Mylène parlaient à la cuisine en buvant mon vermout. De mon côté, j'étais occupé à regarder une fille sur mon futon. La lumière était à s'enfirouaper autour de ses jambes. Elle sirotait un verre de sangria. Mylène me regardait. Elle a lancé la bouteille de vermout sur le mur. Ça a éclaté comme une sirène, c'était beau. La fille du futon est partie, elle ne s'est pas fait prier. Alors le party a continué. Margaux et Mylène se sont soulées au bourbon. Quand elles se sont embrassées la première fois, j'ai mis une musique de Charles Aznavour et je les ai laissées entre elles. Mais après, Mylène a fermé la musique. Elle a pris le CD, l'a cassé et a essayé de s'ouvrir les veines avec le pointu. Elle était en train de chavirer. Margaux aussi. Margaux l'a emmenée à l'hôpital. Margaux la soutenait. Elle était sa petite ambulance privée. Mais moi j'ai continué la fête. Je dansais tout seul dans le salon. La soirée s'est terminée vers six heures du matin quand les dernières filles sont parties. Je suis resté seul à jouer de la guitare. Le soleil se levait comme un gyrophare et j'ai snifé une ligne de speed. Vers 10 heures, je suis allé voir Mylène, chez Margaux, avec un bouquet de fleurs.

On s'est réconciliés. En fin d'après-midi, on est allés au Archambault racheter le disque d'Aznavour. Ah ! Le palais de nos chimères. Ce soir-là, on a écouté l'album toute la nuit en faisant l'amour comme des animaux. On a passé la nuit comme ça à la recherche des plus hautes notes dans nos voix. On était des colibris. Le lendemain matin on est allés déjeuner. On a mangé des œufs, des gros œufs jaunes qui nous remplissaient de bonheur. Cui cui les petits poussins. On a passé l'avant-midi dans un parc autour de la station de bus à battre des bras, on essayait de s'envoler, mais ça ne marchait pas. À 11 heures et demi, elle a pris l'autobus.

J'ai fumé une cigarette en regardant l'autobus partir. En le regardant rapetisser au loin, je me suis demandé jusqu'à quel point je m'éloignerais de moi-même. Jusqu'à quel coin de rue dans l'horizon je pourrais me rendre. Je suis rentré chez moi,

Margaux m'avait laissé quatre messages. Je n'ai pas osé la rappeler. Je me suis plutôt accoté à la fenêtre avec une cigarette, par-dessus la petite rue Sanguinet où les voitures s'alignaient. Je ne savais pas par quel côté prendre le problème. Quand ma cigarette tirait à sa fin, j'en allumais une autre avec le mégot de la première. Je raboutais le problème à lui-même. J'ai fumé la moitié du paquet comme ça. En épiant les étudiants dans les résidences d'en face, j'ai vu un handicapé déshabiller une fille. Je savais qu'il avait bien pris soin de laisser les rideaux ouverts. Pour que je le voie. Pour me prouver qu'il vivait selon les mêmes standards que tout le monde. Que même en chaise roulante il pouvait conquérir et être aimé. J'ai compris ce qu'il voulait dire. Je me suis senti diminué d'être moi, je me sentais inférieur à lui d'être seul dans mon appartement, avec personne à déshabiller, à part le souvenir de l'écho des pas de Margaux dans l'escalier. J'ai craché en bas, sur la peinture qu'on avait faite. J'aurais voulu que ma salive l'infiltre et l'efface, la dirige vers les caniveaux pour tourner la page de ce livre-là, celui qu'on n'aurait jamais fini d'écrire de toute façon. Et soudainement, ça a fait poc, poc, poc, c'était Margaux dans l'escalier. Je reconnaissais ses pas, comme on reconnait le code morse qui fait le lien entre les étapes de la révolution. C'était une promesse qui s'approchait de moi, qui descendait les marches deux par deux afin de s'approcher plus vite du nombre entier de ma tendresse. Ce nombre je le gardais dans un lieu spécial pour elle. J'ai entendu la porte de l'escalier claquer. C'était comme si on renversait les chiffres d'une fraction. Elle a cogné. J'ai pris un moment pour ouvrir. Quand j'ai poussé la porte, elle était là, en baby-doll et ses quatre membres de pain nus étaient chauds autour d'elle. On s'est embrassés dans l'entrée, avec un angle de salive qui goutait bon. Dehors on entendait la police. C'était la révolution qui commençait.

LA RUE

Un boucher m'a dit « le fil qui relie les saucisses, ce n'est pas le même fil qui ligote le rôti, tu comprends ? La vie c'est pareil. » Je n'avais pas compris à l'époque. Mais maintenant, je vois ce qu'il voulait dire. En gros, je comprends que la rue Ste-Catherine c'était notre fil qui ligote le rôti à Mylène et moi. On était le rôti et la rue Ste-Catherine c'était notre fil. Avec Margaux c'était plutôt le fil qui relie les saucisses. C'était un boyau, c'était plus charnel. C'était la rue St-Laurent : les charcuteries autour de la maison de Leonard Cohen, le Schwartz, le *Main* Smoked Meat. Mais mon paradis perdu reste la rue Ste-Catherine. Sur la rue Ste-Catherine, on connaissait tous les magasins par cœur. On était connus dans tous les magasins. Mylène c'était une fille comme ça : elle aimait dépenser. Une fois, elle s'était acheté des bottes de fourrure roses. Quand elle les avait enfilées au coin d'Atwater je la trouvais tellement sweet, elle avait l'air d'un marshmalow. Ce jour-là, la première neige était tombée et on avait été au cinéma Parisien. Je ne me souviens pas c'était en quelle année, ni c'était quel jour. On dirait que ça fait une éternité de ça, parce que je me rappelle à peine les grandes lignes du moment. J'ai l'impression que ça fait une éternité, mais dans le fond quand je compte les années, ça ne fait même pas si longtemps.

Je pense que nos souvenirs doivent s'évanouir continuellement pour que l'on puisse en accumuler d'autres. Et l'oubli est un processus, une guérison qui nous permet de nous ouvrir. Souvent je passe sur Ste-Catherine et je cherche le cinéma Parisien. J'ai l'impression qu'il a été démoli. Je crois que je perds le contact avec moi-même, avec ce que j'ai vécu de mieux et que ce qui reste de moi retourne sa veste en m'oubliant entre ces bâtiments. Je regarde les façades de haut en bas, mais je ne peux jamais me décider si je suis à la bonne place. Cela laisse un creux en moi, un vide que je remplis souvent par une gomme. Je mâche des gommes à la nicorette maintenant, je suis dans une autre logique. Quand j'étais avec Mylène, je ne fumais pas. Sauf la fois où j'avais acheté un paquet de Peter Jackson aux Galeries de la Cathédrale. C'était parce que Margaux fumait ça et j'avais envie de faire un lien invisible entre nous. Je voulais que les volutes de nos cigarettes se rejoignent à mi-chemin, qu'elles fassent l'amour dans le ciel sans que personne ne s'en rende compte. Et Mylène ne s'est aperçu de rien. Mais quand on s'est perdus elle et moi, j'ai marché longtemps sur les dalles où j'avais laissé tomber les mégots. J'ai traîné autour du quadrilatère formé à l'ouest par la rue St-Mathieu et à l'est par Bleury. Et je me suis acheté des cigarettes. Des Peter Jackson. Je me refaisais la scène. Instinctivement, pour fermer la boucle, j'ai marché jusqu'au café. Le petit café que personne ne connaissait à part Mylène et moi. Le café qu'on fréquentait ensemble. Je suis entré. Je me suis dirigé vers notre table habituelle. Elle y était, assise, à m'attendre.

Je me suis approché d'elle avec cinq ans de retard. Je reculais vers l'amour. En me penchant pour l'embrasser, j'avais une larme qui me reculait sur la joue. C'était une bille qui me ramenait au début. Sa bouche était délicieuse. Il y avait le gout de la cannelle sur sa langue. Une belle bouche fraiche que je m'ennuyais d'embrasser. Elle m'a pris entre ses seins, m'a dit « voyons mon petit loup, je t'aime, arrête. » Et j'ai pensé que j'étais trop heureux. Mais ça ne comptait plus. On est sortis nous promener sur la rue. Il ne pleuvait pas et je ne connaissais pas encore Margaux. Et il aurait été mieux que je ne la connaisse jamais non plus, mais je savais que je la rencontrerais, un jour. Cela m'hypothéquait comme la rue Ste-Catherine s'étire sous mes pas aujourd'hui. Je vis tout à fait le moment où la pluie tombe. Je suis dans un couloir qui ne se rappelle jamais que je suis passé.

ET MARIE-ÈVE ?

J'ai mal à la gorge aujourd'hui. Je vais m'acheter des pastilles. Je pense à mon amie Marie-Ève et aux pastilles anesthésiantes qu'elle s'était achetées pour arrêter la coke. Elle disait « ça gèle la bouche, ça fait pareil. » Elle est tellement drôle. J'aurais envie de l'appeler, de m'assoir devant d'elle et de rire, mais ça me tirerait sur les amygdales et ça me donnerait mal à la gorge. Il n'y a rien à faire. Je rentre au Jean Coutu. La fille est belle. Elle me dit « alleu ! » Je ramasse un paquet de Cépacol au citron. Je les paye. J'en suce une entre les deux portes. Je sors sur la rue, la pluie tombe. Ce n'est pas particulièrement un beau moment. Je passe devant l'hôtel Sheraton. Hostie qu'il est laid. Il est encore à la même place, au coin de Ste-Catherine et Jeanne-Mance. Je me rappelle du bar qui se trouve à l'intérieur. On y avait volé une chandelle Margaux et moi. Mais je ne me rappelle pas du gout des martinis à quatre olives qu'on y avait bus. Je pense à ça et je me sens stupide de m'être commandé ça. Je me dis que c'est trop quatre olives, c'est trop con. Aujourd'hui, je me sens vieux. Les rides forment des pattes d'oie aux commissures de mes yeux. Ce sont des chemins qui me ramènent tous à la rue Sanguinet où j'étais le plus beau en attendant Margaux. Mais y revenir me semble maintenant impossible. Mais sans que ça paraisse, je rebrousse chemin. Au fond, je pivote en moi-même. Je marche le boulevard René-Lévesque jusqu'au coin de la rue Guy. Je la contemple la rue Guy. Je sais qu'elle a déjà été un terrain vague. C'était pour tracer la rue qui remonterait à Côte-des-Neiges. C'est ça la rue Guy. Ce n'est rien d'autre que ça. Je sais que Côte-des-Neiges avant c'était la campagne, qu'on allait pêcher au lac des Castors à cette époque-là. Non, je ne sais pas. Je regarde la montagne. Je ne sais rien à part qu'elle a l'air d'un gros téton, que le clergé en a déjà rasé tous les arbres et que je la regarde, la montagne, et qu'elle ne s'en rappelle pas. Elle s'en calice. Alors les nuits sont épaisses. Elles me ramènent à contempler la démarche douillette des passants dans leurs foulards. Ils se serrent les uns contre les autres. Ils sont beaux. La vitesse à laquelle ils marchent, la rotation de leurs hanches. J'essaie de les oublier avant de m'oublier moi-même. Où suis-je ? Je ne m'en rappelle plus. « On est en quelle année ? » Non ? Vous ne voulez pas me répondre. OK, tenons pour acquis qu'on est en 1920. Je m'arrête devant une vitrine, je cherche une date, un journal. Un livre attire mon attention. C'est un roman de Marie Laberge. Miaou. Je rumine quelque chose. C'est une larme. Je m'en souviens de cette larme-là. Je sais qu'elle me relie à Mylène. Je sais aussi qu'elle a séché. Mais Mylène avait pleuré en lisant ce livre-là. Ce soir Marie Laberge tourne en boucle quelque part en moi. Elle longe une rue Ste-Catherine qui me ramène toujours au point de départ, où on s'aime, Mylène et moi, dans un café du métro McGill. La rue s'efface maintenant. Les passants sont rentrés et moi j'affronte une pluie dont je n'arrive pas à me débarrasser. Une grosse pluie grasse qui m'embarre à la maison, sauf quand je suis à la recherche de moi-même ou du fantôme de qui j'étais.

PASSER DU POINT A AU POINT C

Le jour où j'ai perdu Mylène, j'ai acheté une citrouille. Je l'ai poignardée. J'ai fait un trou dedans. J'ai mis une chandelle à l'intérieur et j'ai bu un gros verre de glace avec du bourbon. C'était le trente octobre. Ma grand-mère m'a raconté que ce soir-là, mon oncle s'est rendu sur une ferme, déguisé en épouvantail, avec une hache et un révolver. Il a abattu un bœuf. Il l'a découpé en quartiers. Il a transporté les morceaux un par un à son camion. Il s'est rendu chez lui, il a dépecé le bœuf et le lendemain il a fait du porte-à-porte pour vendre la viande. Il s'est fait arrêter par la police le 2 novembre. C'est avec des histoires comme ça que j'ai compris que dans ma famille 1 + 1 ne donne pas nécessairement 2. C'est un peu comme si chaque matin je perdais ma job et qu'il fallait que je me débrouille à partir de là.

Et un gars a une grosse boule dans la gorge. Il se sent tellement seul qu'il voudrait être une larme pour se jeter en bas de n'importe quel œil. Il se rend à la brulerie avec des verres fumés devant les yeux. Je crois qu'il porte son blouson de cuir. Il commande un café, il se met à écrire sa première chanson. Il se rend chez lui. Il pleut. Il fait quelques coups de téléphone pour trouver le numéro d'un *dealer*. Mais la justesse est frite, c'est évident. Avec le téléphone dans ta main, tu regardes le papier. Il est inscrit à la sauvette, le numéro de téléphone d'un *dealer* et tu sais que si tu l'appelles, tu ne pourras jamais t'en sortir.

Je suis allé prendre une marche dans mon district habituel, les pieds dans les feuilles mortes. *Clack*, le dealer passe, je suis chez nous. Je suis debout devant la table, à regarder le sac comme on regarde un cadeau empoisonné. J'ai répandu la poudre sur un petit miroir. C'était zen comment je faisais ça. C'était presque bouddhique. On aurait dit que je versais du thé. Avant d'en prendre une ligne, j'ai ramassé la guitare dans le coin et je l'ai gardée comme barrière entre le miroir et moi. C'était pour me protéger. En me penchant par dessus pour aller rejoindre la coke, je passais du point A au point C.

I REMEMBER FRANTIC

Un jour, j'ai brulé vingt piastres devant mes amis pour leur expliquer que 1 + 1 ne donne pas nécessairement 2. Ils ont été unanimes. Je leur ai dit que c'était ça le détachement, que de bruler vingt piastres ça représentait un refus et que ce n'était pas cher pour refuser. Rendus à ce point-là, ils ne m'écoutaient même plus. Je me sentais isolé. Isolé dans l'étau de ma dimension. On est partis du bar. On entendait les sirènes au loin, mais on savait que ça n'avait rien à voir avec nous autre. La révolution ne se faisait pas. On n'était plus dans la *game*. J'ai pris un peu de neige dans mes mains. J'avais l'air étrange en la regardant fondre. Et finalement j'ai dit « oh ! non, c'est de l'eau ». Margaux a dit « ta yeule Dan, tu te prends-tu pour le Christ ? » et j'ai ri. Mais j'ai ri jaune. Son commentaire m'avait atteint. On est allés chez moi. Je ne disais pas un mot. Je grattais ma guitare. Et à un certain point, je l'ai lancée par la fenêtre.

Un soir, avant de me coucher, j'ai balancé un œuf par la fenêtre. Le lendemain à 8 heures, ça a cogné à ma porte. Beding, bedang, j'ai été ouvrir en bedaine. C'était Margaux et son amie avec des crêpes. Ça m'a fait rire. Je leur ai dit « mes petites gueuses, remontez vous habiller, on va aller changer le monde. » On s'est rejoints en bas vers 9 heures. Le boulevard René-Lévesque était vide, c'était dimanche, c'était tout juste si les autobus passaient. On s'est dirigés vers l'hôpital. On voulait aller voir Pagona. Les filles étaient contentes. L'amie de Margaux, disait « elle a l'air fine la petite mongole de la manière que tu nous en parles. » On y est allés à pied. Quand on a sorti Pagona de l'institut, il a commencé à neiger. C'était simultané. C'était beau, la neige formait des petits points sur sa tête. On courait le plus vite qu'on pouvait en poussant sa chaise. C'était pour lui donner des feelings. Et à sa demande, on l'a emmenée boire un café. Il y avait un bon *vibe* à table. Les filles jasaient avec elle. Les trois ensembles elles avaient l'air d'un bouquet. Pagona ne s'en pouvait plus de sourire. Le jour se couchait derrière elles. On a ramené Pagona à l'hôpital tout de suite après la noirceur. C'était comme une petite victoire sur la journée. On est repartis à pied, Margaux, son amie et moi sur le boulevard René-Lévesque, en silence dans la gadoue. Au coin de je ne sais pas quelle rue, la lumière était rouge. Je me sentais invisible, alors j'ai traversé sans regarder s'il venait des voitures. Je m'en balançais. Les filles ont laissé passer le trafic et elles m'ont rejoint ensuite. L'amie de Margaux m'a pris le bras. Elle s'est penchée vers moi. Elle s'est lovée contre mon oreille et m'a chuchoté « j'ai aimé ce que j'ai vu. » J'ai rajusté mon col. Je lui ai pris la main et Margaux est venue se pendre à mon autre bras. Je me suis promené toute la nuit ainsi, aux bras de deux filles de 17 ans. Elles étaient plus belles l'une que l'autre et nous étions en route vers une orgie qui n'aurait jamais lieu.

ROMULUS POPULIS

La neige va commencer à tomber bientôt, mais je serai désormais seul à en profiter. Quand je vais courir dedans, je vais avoir l'impression que je tiens encore la main de Mylène. Mylène c'est comme un cerf-volant. Mais je ne suis plus un enfant, alors ça ne donne rien. Je suis perdu dans un système de ligaments qui me ligotent à mes os lorsque je pense croiser Mylène sur la rue où que je pense entendre la voix de Margaux quelque part. Sa belle voix beige qui disait « attention aux voitures ». Sa voix riait parce qu'on savait tous les deux qu'il n'y avait pas de danger. S'il ne faisait pas froid aujourd'hui j'irais sur les marches du cégep pour revenir à l'époque des émeutes étudiantes de 2005. En l'honneur de la lumière parfaite de cette année-là, à ce que ça représentait pour nous et en l'honneur de la fois où on était passés à la télévision pendant une échauffourée avec la police, je boirais une canette de bière. À la fois où on avait fait l'amour en regardant le bulletin de nouvelles. Amen.

Je sais que la lumière qui tombe aujourd'hui sur moi ne tombe pas sur Margaux, parce qu'elle est mariée à quelqu'un d'autre. Moi j'ai le privilège de vivre encore sous cette prescription honnête de lumière. On ne se la séparera plus jamais entre nous. Ça me donne le vertige de penser à ça. Ça m'empêche de garder les yeux ouverts. Je ne sais pas pourquoi je dois fermer la boucle qui me ramène au point de départ. Parce que ce matin, cette boucle me rappelle une lumière qu'on avait connue à Barcelone. C'était avec Mylène. La lumière tournait en rond autour d'elle. C'était un système. On était montés dans un taxi et l'auberge espagnole c'était ensuite. Les rires dans la cour interne. L'humidité de l'après-midi gras. On avait fait l'amour. Mais il ne m'en reste rien, alors j'ai envie de détourner l'avion qui fait la liaison entre hier et aujourd'hui, de prendre un détour par notre histoire, l'emmener vivre les tempêtes de colibris que je voulais lui offrir. Ce matin, le ciel tombe, les nuages se massent comme des nœuds dans des muscles qui ont trop travaillé. Pourtant la lumière est belle. C'est une lumière honnête qui se déplace entre les nuages. C'est un joueur de hockey qui demeure sur la glace même s'il ne marque plus. J'aurais le gout de voler une voiture et d'aller voler du gaz, redécouvrir comment la route relie Montréal à Gatineau. Aller me garer devant la maison de Mylène. Je resterais là un moment et finalement je repartirais sur des roulis de larmes. J'écouterais la cassette de Marie King. « Que la vie est monotone loin de toi. » Hostie que c'est monotone aujourd'hui. La neige refuse de tomber. Elle garde son système à l'intérieur d'elle-même. Tu regardes en haut et de grands fils semblent s'étirer entre les nuages. C'est pour des funambules qui refusent de monter. Je refuse moi aussi. Je refuse de devenir autre chose que du beurre pour mon pain. Je refuse de devenir autre chose qu'une quête. En gros, je refuse tout court. Je refuse de glisser jusqu'au fleuve et mourir. Tout à l'heure, je vais me lever de ma chaise pour aller prendre le métro, payer mon passage et je vais descendre dans la station. Je vais faire semblant que tout est beau. Je vais mâcher ma gomme. Quand le métro va arriver, je ne vais pas sauter devant. Je vais monter à l'intérieur. Je vais aller travailler. Je vais mâcher ma gomme. Tout va être beau. Et mon quart de travail va finir à 8 heures. Je vais aller manger au *Main*. Je vais me trouver con d'être là tout seul, sans personne à qui payer le souper. Je vais penser à toutes les fois que j'y suis allé avec mon père. Ça va me faire de la grosse peine noire. Je vais vomir. Je vais penser au bar à poudre où je lui ai dit ce que je pensais de lui. Ce soir-là, j'étais rendu aux toilettes toutes les deux minutes et il ne s'en rendait pas compte. Il ne se rend jamais compte de rien. Je ne vais pas pleurer, je vais prendre une gomme. Je vais la mâcher. Je vais payer, je vais sortir dehors. La neige va avoir tombé. Je vais être heureux. Je vais me lancer dedans. Je vais me coucher sur le dos et je vais faire l'ange. C'est comme ça que je vais revenir au commencement. Et je vais faire attention de ne pas m'étouffer avec ma gomme.

PASSER DU POINT B AU POINT C

Si tu te retrouves au point B, avec l'espoir d'avoir passé directement au point C, tu vis une déception. Mais la musique part, c'est Nelly Furtado et tu te souviens des choses. Un gars réalise l'univers des possibles, les fois où il a pris des mauvaises décisions. C'est beau. Mais maintenant qu'il se retrouve seul, couché dans la neige du boulevard St-Laurent à faire l'ange, un gars se dit que la mathématique existe avant tout. Tout n'est qu'une question de droites, de points et de courbes.

Je suis à cheval sur un trait. Ma destination est un travail que je n'aime pas. Je pense à ma mère. Ma mère avec la lèvre enflée. Je t'aime maman. Sur Côte-des-Neiges, je descends la côte. C'est correct maman, je suis là, je ne sais pas où tu es, mais je t'aime maman. J'ai le gout de tirer la cloche et de sortir fumer. C'est un petit luxe que j'aimerais me payer, pour oublier l'odeur du vent qui passe à travers elle. Je recommence. L'autobus arrive. Je monte. Je descends quelque part où mourir ne s'applique plus. Je me sens dans le vide où les règles ont changé, où la gravité n'est plus la même. Sauter en bas du balcon ne va plus de soi. J'aurais le gout de faire l'amour dans la lumière de 2005. Cette lumière, j'aurais voulu la breveter. Les émeutes se massaient dans la rue Sanguinet. On fumait à la fenêtre, en regardant dehors pour essayer de comprendre la richesse de la foule. C'était un printemps qui commençait. Mais aujourd'hui, je suis dans l'autobus et la ville est calme. Le camion de vidange retarde le trafic. Je vais arriver en retard. Je descends au coin de Sherbrooke. Je marche le pâté de maisons entre les deux points. J'entends le camion à poubelles derrière, il me pousse dans le cul, mais je n'accélèrerai pas. Même si je suis en retard, même si je retarde la cueillette des ordures, je n'accélèrerai pas, c'est un serment.

B POUR BARBARE

J'arrive au restaurant, ma blonde n'est plus là. Elle ne sera plus jamais là. La serveuse est thaïe, la musique joue, c'est un tube, c'est Madonna. Je m'abandonne au beat. C'est tellement souffrant comme c'est parfait, je danse. Je me commande des pâtes, je les mange en dansant, je suis tellement heureux. Je me suis rappelé le bruit des émeutes, mais ce n'était qu'un feu de paille. J'ai déshonoré la Saint-Valentin.

En 2005, je ne pouvais pas imaginer la bouteille de vin que je commanderais brusquement. J'étais avec Margaux. Je n'imaginais pas non plus le jour où je croiserais Mylène et sa mère sur la rue et que je les laisserais passer, comme un bus qu'on manque par exprès. Un bus qui ramène en arrière et qui fait le chemin sans nous.

Et j'ai dit à la fille qui était devant moi que les barbares puaient la merde parce qu'ils se mettaient du beurre dans les cheveux. C'est aussi simple que ça. Rentrés en Gaule en sauvages, ils ont tranché la gorge des Romains. Ensuite, ils se sont divisé le pays entre eux. Ils ont imposé des taxes sur les récoltes aux paysans. C'est comme ça qu'ils se sont enrichis. C'est ce qu'on appelle de l'aristocratie. Ils se sont construit des châteaux et le peuple a commencé à croire que les barbares étaient d'une race supérieure. C'est qu'ils se promenaient avec des perruques poudrées et mangeaient du caviar. Ils étaient devenus nobles. Tout le monde avait oublié que cette caste descendait de hordes de barbares qui puaient la merde parce qu'ils se mettaient du beurre dans les cheveux. Alors moi je me sens un peu comme ça, je suis rempli d'espoir de m'ennoblir. La fille me dit « ben non tu n'es pas un barbare. » J'ai répondu « si tu venais chez moi, tu constaterais que je couche sur un matelas de sol et que je n'ai pas de draps. Tu verrais que je n'ai pas de papier de toilette et que je me mouche avec une serviette que je laisse par terre à côté du bain. » La fille sourit. Coquine, elle me dit « m'emmènes-tu voir ? » Nous sommes embarqués dans un taxi. J'ai dit au chauffeur de nous emmener à Longueuil. « Où ça à Longueuil ? » « Je m'en calice » que j'ai dit. Il nous a débarqués quelque part où je n'avais jamais été. C'était sur le bord du fleuve. Je me sentais tellement stupide que j'aurais voulu me jeter à l'eau. La fille était à côté de moi, elle me regardait. J'ai lancé quelques roches dans le fleuve. J'espérais que les ondes se rendent jusqu'à Montréal pour que quelqu'un sache que j'existe.

B FOR BIEBER

Alors j'ai déménagé. J'avais une vue sur le pont Jacques-Cartier. Je parlais avec lui. Il ne me répondait pas. Le fleuve continuait de couler, toujours dans la même direction. Je me demandais à quel moment il arriverait au bout de son eau. J'étais avec Margaux. On avait ri, mais ce n'était pas drôle. On avait juste envie de fourrer dans ce temps-là. On n'osait pas le faire. Et finalement, on s'est déshabillés, comme le nœud d'une corde qu'on dénoue faute d'avoir pu se pendre.

Je me rattache au souvenir de Jésus et de la multiplication des pains. Je sais que quelque part Jésus rejoint les barbares et induit en eux le christianisme. Il met un peu de baume sur leur souffrance. C'est ainsi que la multiplication des pains, par rapport au beurre, devient un genre de mutation génétique et qu'on pogne des maladies mentales à trop vouloir aimer.

LA MALADIE DE LA FLUTE

Le psychiatre m'a dit «vous avez la maladie de la flute.» J'ai demandé «c'est quoi?» Il m'a expliqué que c'est une condition qui bascule le jour de la Saint-Valentin. Quand tu vas souper avec Margaux et que tu es trop drogué. La seringue serait une flute et la coke serait la maladie dedans. On ne s'est pas parlé pour trois jours après ça. Quand je l'ai rappelée, elle m'a répondu qu'elle avait été trop occupée, qu'elle n'avait pas eu le temps de me téléphoner. J'ai raccroché, en essayant de ne pas imploser. Quelques jours plus tard, elle m'a laissé pour vrai. Ce jour-là, je suis allé à l'épicerie m'acheter du baloney, un pain et une bouteille de moutarde et j'ai sauté dans le premier train en direction de New York. Avec presque pas une cenne dans ma poche, j'ai passé une semaine là-bas, à méditer là-dessus, à manger mon baloney dans le salon d'un hôtel cheapette, avec les cheveux gras. J'ai fumé du weed. J'avais les yeux épicés. J'étais assez misérable et j'ai longuement marché le pont de Brooklyn avec l'intention de me jeter en bas.

Sur le pont de Brooklyn, je pense à la rivière dans laquelle on ne peut se baigner deux fois. Ça me fait feeler cheap. Je ne suis pas encore assez à l'aise pour glisser contre l'absence de ton corps, Mylène. Je veux que tu te colles contre moi et que mon érection pointe vers le passé. Mylène, te rappelles-tu la fois où on avait snifé de la coke à l'hôpital ? C'est évident que je remonte jusque là. Jusqu'à la séquence d'évènements qui me remonte dans la gorge. C'est comme un ascenseur. Tu étais venue me voir à 16 h 30, à la sortie de mon shift pour me dire « j'ai de la drogue, en veux-tu ? » J'ai dit oui, on est montés au neuvième, on n'a croisé personne. On est allés dans le petit placard à vadrouilles pour se faire des belles lignes sur le rebord d'une chaudière. Personne ne nous a vus. Et quand on est sortis de là, on se sentait bien. C'était électrique. Mais on a croisé le docteur de Cluny. C'est évident qu'il devait se dire que je venais d'aller te fourrer. Alors c'est à ce moment-là que ça a commencé à mal aller entre lui et moi. Mais je me rattache à l'idée, qu'à la fin, les barbares se christianisent.

LE DOCTEUR DE CLUNY

J'en ai su plus sur ce docteur-là, un Haïtien, quand une infirmière de mon département m'a raconté son histoire. Elle s'appelait Josée. Le docteur Cluny avait essayé d'abuser d'elle dans l'ascenseur. Elle m'a raconté qu'il tenait son doigt sur le bouton pour garder la porte fermée. Il la bloquait dans le coin. C'était un vrai cochon le docteur Cluny. Josée avait eu peur cette fois-là. Elle m'avait dit « se faire violer par un gros nègre ça doit pas être agréable ». Elle faisait des farces avec ça, mais elle connaissait quelque chose au drame sournois du viol. Un patient l'avait agressée dans une chambre, quelques semaines avant. Et le docteur de Cluny le savait. Alors, je n'ai pas pu retenir ma haine contre lui longtemps. Ça avait presque éclaté à l'heure du midi. Il est venu s'assoir avec moi à la cafétéria. Je lui ai dit que je ne tolérais pas les prédateurs à ma table. Il a écarquillé les yeux. J'ai dit « ben non, c'est une joke, assis-toi. » Il a compris où je voulais en venir.

Le regard jauni qu'il avait posé sur moi tout le long du repas m'avait rejoint profondément.

LONG THIN BRIDGE

En effet, il pleut aujourd'hui, les filets d'eau tombent prudemment le long de leur ligne, un peu toujours comme la fausse balle qu'on ne réussit pas à attraper. Ou comme l'autobus qui passe tout droit devant nous, comme aspiré par sa ligne jusqu'au coin d'une rue où on ne croise plus jamais personne. Pourquoi ? Parce qu'il pleut trop tout le temps, parce que personne ne se tient plus dans ces rues-là, parce qu'il fait trop froid et que mon manteau n'a pas de bouton. J'allume le four. La boite de pizza de la veille prend en feu. De mon 16e étage, je la crisse en bas du balcon, alors la boite vole longtemps et elle allume un arbre au coin de St-Denis. Et c'est là que la révolution se concrétise. Les gens sortent dehors et ils s'embrassent, mais on voit dans leurs yeux l'envie de siphonner la lumière du bucher. On comprend qu'ils sont le gouvernement. Alors on prend de l'ecstasy avec des vedettes de théâtre. On les dilue dans l'eau et on n'est pas gelé tout de suite. Ça nous laisse le temps de renverser quelque chose. On sort dans la rue, mais on n'est pas bandé, alors on crache sur les voitures et chaque fois qu'on en atteint une elle s'envole. Alors on comprend qu'on n'a rien à craindre, que d'une certaine façon la nuit est décomposable en étoiles et que ce sont des étalons qui valent quelque chose, donc une érection se compose subséquemment de cent cennes noires et que c'est pour ça que c'est comme une élection. C'est ainsi qu'on se rendort avec l'idée d'avoir voté pour soi-même et qu'on refuse désormais de prendre ses médicaments, qu'on s'isole.

NEXT MORNING

Le lendemain, Margaux a déboulé chez nous. Je me suis levé. Il faisait clair dans la maison, mon *suit* de peau était pâle dans la clarté. Elle attendait que je dise quelque chose. Je ne savais pas quoi. Je me suis risqué: «je n'en prendrai plus». Je savais que je mentais, donc je n'étais pas confortable. On s'est laissé macérer dans le bouillon du matin. On a été se promener sur la track et, je ne sais pas encore pourquoi, j'ai fais semblant de me fouler la cheville.» Simplement comme ça, en mettant un pied devant l'autre. Elle m'a amené chez elle, elle m'a versé un grand verre d'eau minérale pour que j'avale des Tylenols. Elle me disait «pauvre petit chou». Calé sur le divan, j'écoutais le jazz jouer solide, je regardais autour de moi. Elle est revenue de la salle de bain flambant nue, alors j'ai enlevé mon linge aussi. On a passé l'après-midi nus, sur le dos, à fumer des cigarettes amérindiennes. On se collait dans le fond du lit. Les coussins étaient complices parce qu'ils se moulaient à nous dans notre abandon du paraitre. Moi j'étais maigre comme un bâton, mais elle, vous auriez dû la voir, elle était belle. Elle avait tellement l'air d'un bungalow que j'avais envie de rester là, entre ses bras, pour qu'on ne me retrouve jamais et de m'installer dans la recette secrète de ses cuisses, à bâtir du pain pour qu'on mange en masse et qu'on soit capables de vivre 2000 ans. Quand je me suis levé, elle m'a demandé « tu n'as plus mal à la cheville ? » J'ai dit non. C'était un mensonge qui se résorbait de lui-même, comme un système qui implose faut d'avoir pu exploser.

BUILDING LOST

Quand je lui ai raconté cette histoire-là, le psychiatre m'a dit « si tu te prends pour le Christ, c'est sûr que les gens vont te traiter en martyr. » Le psychiatre est comme ça, il dit toujours des affaires qui ne font pas de sens. Je suis entré dans son bureau. Il m'a souri. Il m'a demandé « comment ça va aujourd'hui ? » Je n'ai pas pris la peine de répondre. J'ai dit « j'ai été voir Pagona ce matin. Ça devait faire deux ans que je ne l'avais pas vue. Elle avait vieilli dans sa chaise roulante. Elle ne m'a pas reconnu. Alors je me suis approché d'elle et elle m'a ignoré. Elle ne se souvenait plus de moi. » Le docteur a pris son menton dans sa main et m'a demandé « pourquoi es-tu allé la voir ? » J'ai hésité. « Parce que je m'ennuie de l'époque où je travaillais là. » Il a hoché la tête. « Moi je pense que c'est de toi que tu t'ennuies, du gars qui portait des lunettes de soleil dans la pluie et qui se promenait avec un blouson de cuir. Est-ce que c'est possible ça ? » J'ai soupiré « astheure, je ne porte même plus de lunettes de soleil quand il fait beau. J'ai l'impression que je suis plate. » Il y a eu un moment de silence avant qu'il ne poursuive : « tu m'as déjà raconté que quand tu étais à l'école primaire, tu ne sortais pas dehors à la récréation parce que tu n'avais pas d'amis et que tu te faisais cracher dessus. Tu allais te réfugier dans la salle de toilette et tu attendais que la cloche sonne pour retourner en classe. Est-ce que tu t'ennuies de ce petit gars-là qui se cachait dans les toilettes ? » J'ai dit non. « Mais tu t'ennuies du gars qui portait le coat de cuir et les verres fumés. Comment es-tu passé d'un petit gars qui se cachait dans la salle de bain à une vedette de rock qui se promenait dans la pluie avec des lunettes de soleil ? » J'ai hésité, « j'ai rencontré Mylène. Elle m'a donné confiance, elle m'a donné un gun. Mais je me suis servi de cette confiance-là pour la trahir. Je l'ai tirée. » Il a poursuivi « donc quand tu t'ennuies de l'époque en question où tu étais plein de confiance, tu t'ennuies de tenir le gun ? » Il a poussé l'idée plus loin « tu t'ennuies-tu de tenir le gun, parce que ce gun-là te servait à te défendre, à te protéger ? Maintenant tu n'as plus le gun, tu es redevenu le petit gars qui se cache dans la toilette, mais tu ne te caches plus dans la toilette, donc tu es vulnérable. Les toilettes c'était comme le gun. Donc maintenant, il faut que tu te trouves un autre gun, à l'intérieur de toi pour te protéger et il ne faut pas que tu t'en serves pour blesser ceux que tu aimes. C'est ça l'équilibre fragile de la vie. C'est d'avoir un gun pour te défendre, mais de ne jamais tuer personne avec ». Et moi de poursuivre « et ne jamais me tuer avec non plus. »

PET CEMETERY

Quand j'étais petit, disons 8 ou 9 ans, je battais mon chat à coups de pieds. Ça, le psychiatre ne le sait pas. Quand j'étais frustré de quelque chose, je partais à courir et je donnais un coup de pied de toutes mes forces dans le ventre du chat. Et personne ne disait rien. Surtout pas mon père. Quand j'ai été plus vieux, disons 11 ans, j'ai tiré toutes les grenouilles dans un étang avec un gun à plomb. Au début, c'était facile, mais moins il en restait de vivantes plus ça se corsait. J'aimais ça. Personne ne l'a jamais su. C'est la première fois que j'en parle. Qu'est-ce qu'il y a d'autre que je n'ai jamais dit ? Bien oui, plein d'autres affaires, mais je ne me sens pas à l'aise d'en parler tout de suite.

PÂQUES

J'ai déjà célébré une messe de Pâques. C'était à la chapelle de l'hôpital, c'était avant ce que je suis devenu. Je l'avais célébrée pour une vieille dame aux jambes coupées. Elle était arrivée vers 14 h à la réception pour me demander l'heure de la messe. J'étais mal à l'aise de lui annoncer qu'elle l'avait manquée. Vous auriez dû la voir, c'était comme si on venait de la mettre sur l'avion qui se rendait en enfer. J'ai eu pitié d'elle. J'ai demandé à mon infirmière la permission de l'emmener à la chapelle. En poussant sa chaise doucement, je me penchais par-dessus son épaule et je lui disais « on va aller à la chapelle au moins, hein madame Pineau ? » Une fois là, on s'est retrouvés seuls. Je l'ai installée et je suis allé devant, j'ai lu la bible. Le plus sérieusement du monde je lui improvisais une messe. Une bénévole est entrée sur l'entrefaite. Elle s'est assise à côté de la dame. Elles m'ont écouté. C'était beau de les voir. Elles se regardaient en se souriant avec la complicité de vieilles personnes. Elles se sont même pris la main. Alors j'ai continué. J'ai enchainé les versets pendant une demi-heure. Et en fermant la Bible, je me suis signé, pour ramener madame Pineau à sa chambre, je sentais qu'il fallait que je fasse ça.

Mais elle est morte quelques jours après et ce soir j'entends des mouches qui tournent autour de chez moi à la recherche de son cadavre. La vieille dame aux jambes coupées. C'est comme un aimant qui m'attire en arrière, qui me retient par les cheveux et m'attache au petit doigt de la cinquième dimension qui me conduit dans un corridor secret où je me permets de vivre le bonheur où je n'arrive jamais.

THE FIFTH CORRIDOR

Le malêtre n'existe plus. J'ai perdu Margaux à la Saint-Valentin et j'ai perdu Mylène à l'Halloween. J'ai pawné ma vie. J'ai perdu la trace de ma mère chaque jour de ma vie et je ne sais plus maintenant s'il me reste quelqu'un d'autre à perdre. J'ai l'impression qu'un jour je ne me rappellerai plus que j'ai passé dix ans à me promener d'un bout à l'autre de la rue Ste-Catherine. J'aimerais oublier que, quand je me retrouve dans un bar, j'ai envie de croquer le goulot de ma bouteille pour prouver que je ne suis pas bien. Je cumule dans mon poing les nombreux coups que je n'ai pas donnés. Mon poing fane dans les quatre premiers corridors que je me suis inventés. Le cinquième c'est une amie qui me l'a raconté. Lorsqu'elle était enfant, elle demandait aux camarades dans l'autobus de cracher dans un verre et elle se le versait sur la tête. Elle se couronnait comme ça. C'était son beurre à elle. Souvent, je fais le tour de la question et je réalise que chaque crachat, individuellement, représente une lettre pour écrire le mot : barbare. Elle le sait et cela me réconforte. Je comprends finalement comment, avec la bave des autres, tu peux te construire une barrière, un genre de beurre qui te force nécessairement à t'ennoblir à la fin pour te protéger. Mais la perfection se symétrise. On te regarde dans le blanc des yeux. C'est asymétrique. Tes iris ont la couleur du drapeau du Québec et tu les portes comme un fardeau. Les révolutions s'accumulent comme des destins qui ne se croisent jamais. Je suis un destin qui dévie de son objectif d'émeute. La plupart des révolutions ne se rendent jamais jusqu'au bout d'elles-mêmes. Au commencement de moi il y avait une chanson. Elle parlait du bonheur, mais je n'ai jamais eu le courage de la chanter. En gros l'idée c'est que j'ai 8 ans, OK ? Je suis caché dans les toilettes. La cloche c'est mon armistice. Je suis en guerre contre moi-même. Je n'ai jamais eu le courage d'offrir la bague en plastique à la petite fille que je voulais marier. C'est comme une bible que je n'aurai jamais écrite. Je suis en rotation comme l'axe qui court après lui-même dans le sang. En attendant quoi ? Je ne le sais pas. Je sais juste que je dévie. Ma voiture se dirige vers le champ, mais je n'ai pas de voiture. OK. On est en quelle année ? Je ne sais pas. Il grêle donc c'est l'hiver. Ou peut-être l'automne qui s'amène, je ne sais plus. Je ne sais plus dans quel journal j'ai trouvé la job que je suis destiné à perdre. Et au fond, je n'ai jamais dit à personne que j'ai déjà bu ma pisse, que j'ai déjà éjaculé dans une poêle et que j'ai fait cuire mon sperme. Je suis un peu de même, pour me punir de quelque chose que je n'identifie pas, je ne fais pas les choses réglo. Un jour, j'ai eu des punaises de lit et j'ai jeté tous mes meubles à la rue. J'ai fait venir un exterminateur.

Il a mis du produit, m'a dit une consigne simple : passe la balayeuse. J'ai vécu quelques mois dans un appartement vide. Je n'ai jamais passé l'aspirateur. Alors les punaises sont revenues. Il m'a dit « c'est à cause des œufs. As-tu passé la balayeuse ? » J'ai dit non. J'ai payé de nouveau. Il est parti. Je n'ai pas passé la balayeuse. Elles sont revenues. Je l'ai rappelé. J'ai payé. Souvent, avant de commander de la drogue, j'opère un petit rituel. Je fais le tour de la chambre à la recherche d'une punaise. Je me dis que si j'en tue une, je ne commande pas. Je n'en trouve jamais. Hier, j'ai entendu deux petites filles se parler sur la rue à Hochelaga et la plus petite a demandé à la plus grande « Marie, c'est quoi des BS ? » et la plus grande a hésité avant de répondre. Finalement, ne sachant trop comment dire, elle a expliqué à la petite « bien, prend exemple, nous autres on est des BS ».

MAIS AVEC DE LA DIGNITÉ

Une mulâtre sur le BS tu trouves ça où ? Chez Mathieu Cardin. Il te la présente ? Pas besoin. Quand la mulâtre m'a vu, elle m'a pris pour porte de sortie. C'est qu'un gars qui s'appelle Mathieu Cardin la harcelait. Elle s'est donc assise sur moi et quinze minutes plus tard on est descendus dans la cave et on s'est trouvé un petit coin, sur le béton froid, c'était parfait pour nous. On a fait l'amour dans le bruit de la fournaise, les genoux en sang à tour de rôle sur le ciment, on a passé trente minutes là à se découvrir en petites parcelles. On a passé un long moment ensuite, elle recroquevillée comme une perle dans le creux de mon corps, à reconstituer la suite d'évènements qui nous avait conduits là. C'est comme si j'avais marqué deux points en même temps. Tiens, fuck you Mathieu Cardin. Mais ce soir, je ne me sens plus aussi vigoureux. Je me sens comme un miroir qui ne reflète rien. C'est simplement une perspective parfaite qui fait que j'existe. Je suis un triangle. Entre moi et les autres, il y a un angle droit. Je me pythagorise. Je cherche le chemin le plus court pour faire les deux points se toucher. Je sais que je demeure dans le circuit de la pente douce qui me ramènerait à Gatineau, à la rue

Villefranche et à la maison de Mylène. Mais je sais qu'elle attend un deuxième enfant. Mes souvenirs s'évanouissent jusqu'à la salle d'accouchement. Je suis le poupon et je pleure. Mes idées s'éparpillent comme les grillons qui se tenaient la main entre nous deux. J'accroche une croix à mon cordon ombilical. Que je me christianise? Good fucking luck. Ne dis rien surtout, car je n'entends pas, j'ai mal aux oreilles, je me craque les pouces et j'essaie de dire ce que je suis, mais je n'y arrive pas, alors je vais dire ce que je ne suis pas.

CE QUE JE NE SUIS PAS

- Céline Dion

Tout d'un coup, il y a une étoile filante. Un gars s'endort avant de la voir, il ne sait pas qu'elle était là, mais ça ne change rien, parce que d'autres l'ont vu, alors ça s'équivaut. Sur cet élan, il ne va pas à ses cours. Il écrit des poèmes en pissant du haut du 16e étage. Ce gars-là, c'est toi. Tu passes proche de mourir, mais le téléphone sonne. C'est Shawn Cotton. Tu vas au bistro. Tu trouves qu'il s'est fait une belle blonde, mais tu n'as pas la force de leur parler. Quand tu vas snifer dans les toilettes, tu te regardes dans le miroir et tu ne te vois plus, alors tu ne t'éternises pas là. Tu sautes dans un taxi et tu débarques, tu demandes un reçu. Tu ne sais plus trop où tu es, mais l'hôpital est à côté, alors tu es en sécurité. C'est comme ça que tu t'endors sur un banc et que tu ne te réveilles pas à temps pour payer tes impôts. Ton propriétaire leur ouvre la porte, ils te saisissent ta guitare. C'est la seule chose que tu as. Tu t'en calices. Tu finis tout seul chez vous, mais tu n'as même plus de ligne de téléphone pour appeler, alors tu passes la nuit à quatre pattes à la recherche de la dernière punaise qui t'empêche de dormir.

LA MULTIPLICATION DES LIGNES

C'est quand tu échanges ta ligne de téléphone contre une ligne de coke que tu ne fais pas un bon deal. Mais au bout du compte, ça ne change rien, il n'y a jamais personne qui t'appelle. Et quand on t'appelle tu ne réponds pas, alors fuck that. Et même si tu ne saurais dire, c'est probablement écrit dans les lignes de ta main que tu ferais ça. C'est probablement écrit le numéro de la ligne de bus que tu prendrais pour te rendre acheter de l'héro. Alors, tu l'attends là, le bus, il t'emmène là, tu attends ton héro, au coin de telle rue et telle rue, tu fais la queue. Et c'est là que tu réalises que tout est une droite. Tu croises le regard d'une fille et tu comprends que quand les droites se croisent elles forment des croix. Et c'est sur cette croix-là que tu te cloues, tout seul, que tu reviens au principe d'aimer ton prochain et de ne pas acheter d'héro. Tu te rattaches à ses yeux, tu sais qu'ils sont pauvres, mais tu te sens assez riche à l'intérieur pour entretenir le moment. Vous allez prendre un café. Tu t'occupes d'elle. Tu lui prends la main et il n'y a personne dans la rue. Mais tu ne peux pas l'emmener chez toi. Parce que c'est trop sale et parce qu'il n'y a pas de papier de toilette. Parce que tu n'as pas de draps et que ça pue. Alors tu erres toute la nuit dans la rue avec elle. Tu ne croises personne alors vous êtes seuls au monde. Vous allez dans un parc. Vous grimpez dans les structures d'enfant et vous allez faire l'amour au sommet de la nuit. Il y a du monde qui passe, mais ils ne vous voient pas. Et quand le jour se lève, tu as la bouche barbouillée de son parfum. Vous allez déjeuner et tu ne manges pas. Tu as mal à l'estomac. Mais tu te forces pour être beau. Alors elle rentre chez elle et elle a passé un beau moment. Et c'est comme ça que tu te sens bien. Tu ne portes pas de veste de cuir, mais c'est tout comme. Tu te dis que tu viens de rajeunir de dix ans et tu cherches tes poches pour des lunettes de soleil, mais tu n'en as pas. Tu vas voir Pagona. Et quand tu apprends qu'elle s'est suicidée, tu te sens seul et tu comprends qu'elle a fait exprès pour t'abandonner. Tu comprends que sans elle, toutes les chaises roulantes que tu pousses sont vides. Donc tu vas, tu te piques. C'est comme ça que tu finis au lit et que tu te réveilles deux jours plus tard, tu te fais un café. Tu réalises qu'il y a une fille dans ta cuisine et tu ne la reconnais pas. Tu ne te poses pas de questions, car tu sais que ça ne veut rien dire et qu'elle va s'en aller. Elle est un peu fuckée donc tu fais des trous dans tes jeans. Et finalement, elle s'en va et tu restes seul dans ton nouveau déguisement. Il n'y a pas de public et l'automne s'en vient. Tu ne sais pas par où commencer pour mettre de l'ordre dans tes souvenirs. Tu commences par oublier qu'ils t'ont coupé le courant et ça va de soi. Les factures s'accumulent. Le BS refuse de t'aider. Les feuilles tombent finalement pour couvrir les escaliers que tu as peur d'emprunter pour descendre.

SAFRAN

Quand tu te regardes dans le miroir, tu n'arrives pas à décider si c'est vraiment toi qui a déjà couché avec 8 filles en 7 jours. Tu ne sais pas si c'est vraiment toi qui a déviergé une religieuse. Tu ne sais rien. Tu sais que tu as environ 30 ans, que toutes tes blondes ont été plus jeunes que toi, qu'elles t'ont pris de l'énergie. Tu sais que tu n'as pas de bac, mais que tu as fait l'amour à 3 filles dans les toilettes de l'université, alors tu te dis que ça compense. Mais tu ne sais pas si c'est vraiment à toi que c'est arrivé. Et un jour, tu te retrouves à l'université, dans la même salle de bain et c'est évident. La fille était là, à quatre pattes, et toi tu portais un condom jaune. C'était une hindoue. Tu t'en souviens. Et ça fait le tour de ta tête jusqu'à te ramener dans la salle de bain de l'école primaire où tu es seul. Tu sais ce que tu as à faire, attendre la cloche, mais elle ne vient pas, alors tu paniques. Tu essaies de te rappeler avec quel angle vos corps formaient des croix quand vous aviez fait l'amour, mais tu n'as plus la force pour bander. Et tout d'un coup, ça te revient. Tu te masturbes et tu te sens fort. Tu éjacules sur le bol de toilette. Tu ne l'essuies pas et quelqu'un rentre dans le cabinet après toi. Il hèle la sécurité. Ils te crissent dehors de l'université. Boom ! Ils t'enlèvent ta carte. Tu n'es plus *grata* là. Mais après coup, tu réalises que tu t'en calices, parce que tu n'as pas payé tes frais de scolarité, alors ils ne peuvent rien contre toi. Et c'est comme ça que tu ne finis pas ton bac. Tu croises un chat sur la rue. C'est un chat noir, tu as envie de lui crisser un coup de pied. Mais tu ne lui en crisses pas un. Tu regardes ton bras. Il est plein de veines. Tu as envie de te piquer, mais tu ne te piques pas. Tu as envie de mourir, mais tu ne meures pas. Tu as envie de crier, mais tu ne cries pas. Tu as envie de pisser et tu ne pisses pas.

LE CHAT

Ma sœur pisse tout le temps, c'est une pisseuse, elle ne se pique pas, elle ne bat pas son chat. Elle a un beau petit chat et elle ne le bat pas. Ma sœur n'a jamais passé une récréation dans la salle de bain. C'est pourquoi je prends la peine d'écrire cet affidavit. Parce que nos veines sont pleines d'oiseaux. Pour ne pas qu'on s'envole, je m'arrange pour qu'on soit ensemble le plus souvent possible, à l'abri de nous-mêmes, dans un métro qui nous conduit vers des gens qui auraient peut-être besoin de nous, qui tordraient notre bonté pour guérir leurs blessures. Ce serait peut-être une squeegee qui se servirait de nous. Et finalement, une belle fille me trouverait le lendemain matin, par terre. Et le soir, elle me laverait, me ferait sécher et, hop! ce serait la même chose à chaque soir avec une fille différente. Le reste se résume à vivre et c'est facile. Ça prend juste quelques muscles. Mais j'ai peur que cette force-là se retourne contre moi, comme une blessure qui s'infecte et que je coagule dans l'impossibilité d'aimer, avec un cœur plein de caillots qui ne demande plus qu'à arrêter de battre.

Et je ne sors pas de chez nous. J'aimerais trouver la ligne qui me ramènerait au bloc appartement où j'habitais avec Margaux, et réentendre le bruit parfaitement découpé du métal qui reçoit ses pas, qu'elle descende tellement vite que les claquements s'assemblent en un accord et qu'elle cogne à ma porte, qu'on s'embrasse pendant qu'il pleut et que la fenêtre soit ouverte, calice, comprends-tu ce que je veux ?

LA TRINITÉ

Si on trace une droite composée de trois points, on peut faire un parallèle avec la ligne du temps. Pour se rendre du début à la fin de sa vie il ne faut pas dévier, à moins de trouver une autre façon pour faire les deux points se toucher. Cela consiste à ne pas passer par soi-même. C'est pourquoi l'idée de passer du point A au point C est dans les faits une mauvaise idée. Des réflexes se construisent, pour cacher le raccourci, à partir des formules de la cachoterie, mais rien de bon. On passe toute notre vie à faire ça. On calcule. C'est de cette façon qu'on apprend la guitare, qu'on finit à l'hôpital couché sur une civière. Mais quand quelqu'un nous rend visite, c'est comme si on recommençait au début. On arrache le soluté. On va à la salle d'accouchement, on en revient au point de départ et on essaie de se faire petit. Notre mère nous regarde avec le reproche d'avoir trop souffert et on comprend qu'on est de trop quelque part, mais on n'a pas encore découvert où. Alors on marche toute notre vie à reculons en espérant s'éloigner de cet endroit-là. On sait qu'il est situé quelque part entre l'attente de naitre et le coin de rue où j'ai croisé Mylène. Tu retournes là. Tu manges un hotdog. Tu te rappelles avec précision la couleur de sa peau, mais tu te demandes si elle est a changé. Et alors une fille passe en chaise roulante, tu la rejoins. Tu lui offres une cigarette. Elle a peur de toi, tu as donc l'impression qu'elle a vu ce que tu cherches. Tu la laisses partir. Elle roule sa bosse jusqu'à un autre coin de rue. Tu sais qu'ils vendent de l'héroïne là-bas. La nuit tombe autour de toi et tu as l'impression que c'est arrangé. Une sirène résonne au loin. Tu comprends que ça n'a pas rapport avec toi et que le monde est un cycle. Les bourgeons éclosent et c'est comme ça que tu sais que tu portes le printemps, que tu as encore 15 ans quelque part et que Mylène t'aime toujours. Même si elle attend un deuxième enfant et qu'elle ne pense probablement plus à toi tous les jours.

DONC

Donc, j'aime jouer avec l'idée que les choses ont commencé à mal aller pour moi quand j'ai réalisé qu'il n'y avait pas de moyen pour faire les deux points se toucher. Un taxi qui remonte ses cuisses pour tester les tunnels de peau que j'érige. Qu'est-ce que je dis ? Je crois que j'ai perdu ce qu'il me manquait au départ, alors je marche longtemps dans les grumeaux de la neige fondante. Je vois une montagne au loin et une croix. Les taxis ne passent pas, alors j'ai le gout de mettre le feu à mes cheveux pour faire tomber le fascisme qui grandit, à partir d'une révolution qui grouillait sous ma fenêtre quelque part pendant l'été de 2005. Je suis bandé comme le bloc appartement, donc je fais quelque chose. Margaux, je suis encore dans l'ascenseur à espérer que la porte ouvre au cinquième et que ma langue tombe par terre pour te dérouler un tapi. Que la lumière soit faite de cachemire pour que l'on puisse revenir au toit, à la fois où je t'avais pointé le Mont-Royal et que tu l'avais pointé aussi. Mais nos doigts s'étaient croisés et ça formait un x. C'est ce jour-là qu'on en a déduit que tout s'annulait. Alors, quand le soleil s'est couché, on a entendu une ambulance passer dans la rue. On s'est rués sur le rebord du toit comme deux mongols, à la recherche de la lumière qui accompagnait la sirène pour comprendre comment compléter les rotations. Mais c'était trop haut, alors tu avais peur. Mais je savais que dans le vertige, la ligne d'horizon formait une croix avec le potentiel de ta chute, alors tu étais en sécurité. Et puis le jazz jouait au loin, je m'en rappelle, c'était une nuit d'été et il avait plu un peu plus tard cette fois-là. On ne s'était pas plaints. On avait laissé le temps au temps d'amener sa pluie, de nous rincer. Les nuages étaient super minces, c'était pas croyable qu'il puisse pleuvoir autant. Avec les cheveux trempes comme du beurre, on ne se posait pas de questions. C'était parce que nos cheveux gras ne paraissaient plus. Quand j'ai été mûr, tu m'as cueilli, comme un coconut dans la nuit parfaitement rectangulaire qu'on traçait entre la rive sud et l'ouest de l'ile, en gardant derrière nous la certitude de trouver l'est de la ville et probablement le Plateau qu'on n'avait pas encore découvert ensemble.

Ce soir en étirant mes pas sur les points de suture, je réalise qu'on aurait pu rester là, sur ce toit-là, toute la nuit trempés comme des grenouilles heureuses qui n'ont plus besoin de chanter. Je me suis craqué le cou et tu as disparu. Alors, j'ai étudié ton numéro de téléphone. Je cherchais dedans quelque chose que tu aurais voulu me dire. Et finalement, tu t'es mariée et ton mari a commencé à te battre. Ton âme s'est comprimée comme une pilule d'amphétamine. Et tu as fait une overdose. Moi je suis resté à côté de toi.

Tu étais en convulsions par terre et je ne savais pas quoi faire. Quand tu t'es relevée, tu as ouvert la porte à Marie-Ève. Je suis parti. Vous avez bu du vin mes tabarnaques et vous avez pris de la coke. Ce soir-là, vous aviez passé la soirée à regarder par la fenêtre pour voir si j'allais me jeter en bas de mon balcon. Mais Margaux, tu oubliais que la ligne d'horizon forme toujours une croix avec l'axe de la chute, donc qu'il est impossible de mourir.

Les jours ont passé, comme de l'eau en dessous du pont Jacques-Cartier et vous avez recommencé à vous tenir avec moi, toi et Marie-Ève. Tu nous as introduits auprès du parti communiste et c'était rien d'autre qu'une dizaine de personnes qui pétaient plus haut que le trou. On a passé du temps dans le local, à boire de la bière chaude, on s'obstinait avec eux autres, c'étaient des hosties de plein de merde. On a compris assez vite c'était qui les leaders. Nous, on était les leaders de rien. On allait au St-Sulpice boire des martinis pas d'olives. On en buvait même deux, pour tuer le temps parce qu'on n'était pas pressés, on n'avait pas envie de s'en aller. Quand on finissait par partir, la pluie tombait maigre comme des aiguilles d'acuponcture. Mais parce qu'on était souls, on prenait notre temps, on arrivait au bloc si trempes qu'il aurait fallu nous tordre. Mais ça ne nous dérangeait pas, on riait, on sautait dans les flaques d'eau. On est arrivés. OK, on débarre la porte et on entre. On entre où ? Je ne sais pas. Je le cherche encore.

LA PLUIE D'ŒILLETS

Cette place-là, celle qu'on cherche, est ambigüe comme un dépanneur qui ferme. Je suis sur un boulevard sans faubourg, comprends-tu ? C'est comme un calcul mental qui me fait oublier l'adresse où j'habite donc je prends une pilule. Je descends dans le métro. Je paye. Wa, Wa. Allo. Je ne connais personne. J'attends le train. Quand j'entre dans le wagon, je fais une crise d'anxiété, je deviens un genre de prisonnier dans une chambre à gaz, la porte referme, mes idées se démanchent, hostie, un barillet de révolver, j'ai le gout de crier «vous allez mourir tabarnac!» La porte s'ouvre à nouveau. Je respire. Et elle se referme. Un banc se libère. Je m'assois. Je sens une chaleur émaner de quelqu'un. J'en prends acte. Je défais mon foulard. Je le dénoue. À la station d'après je suis sorti. Fuck that. J'ai salué une belle Libanaise et je suis disparu dans l'escalier de caoutchouc. J'ai sifflé dans la nuit du métro Guy et j'ai roulé mes hanches comme on roule une boule de bowling, jusque dans le Mile-End. Je me sentais fou. J'ai sonné à toutes les portes entre Parc et St-Denis. C'était tellement stupide que c'en était pur. C'était machinal, je sonnais et je chantais du plus fort que je pouvais « Pick me up, like a coconut, and pick me up, and pick me up. » J'entendais la police s'en venir au loin. Je me sentais comme un coconut, j'avais envie d'être cueilli.

SO

So the best thing to do is to pick me up. Je rêve de dormir dans le hamac de ta clavicule, Mylène. Je suis maigre comme un xylophone maintenant, tu ne me reconnaitrais plus. J'ai les jambes minces comme des pistes d'avion, mais je suis à l'abandon. Je suis Mirabel, comprends-tu ? Je sais que tu es enceinte. Dans ta chaise berçante, tu dois être le plus beau bouddha du monde. J'aurais aimé être le père de tes filles. Mais je ne pourrai pas. Il est trop tard. Peut-être n'est-il jamais trop tard. Je ne sais pas. Je suppose que tu comprends. C'était insoutenable. J'étais debout sur le trottoir, je te voyais te pencher pour monter dans le taxi. Tu avais l'air d'une guimauve. Je regardais ton cul s'arrondir pour une dernière fois. Je t'aurais tiré une fléchette dans le cou pour t'endormir, pour que tu restes. Mais ensuite le taxi est parti. Il n'avançait pas plus vite que la larme sur ma joue. Je l'ai regardé descendre jusqu'à la rue Wellington. Je suis resté là un long moment. Je regardais autour. Je regardais, mais tu n'étais plus là. Je suis allé me noyer sous une douche chaude. L'eau m'a pissé dans la face et ça m'a fait du bien. J'ai passé vingt minutes là, à me purifier. Mais finalement tu es revenue. La nuit s'est infiltrée dans l'appartement par les fenêtres, et finalement les coquerelles sont sorties. Elles étaient là juste pour toi. Elles t'aimaient tellement. Il y en avait partout. Tu étais debout dans le milieu du salon avec une flashlight. Je recommence. Tu éclairais les coins du plancher. On voyait les coquerelles se sauver. On est allés dormir dans un hôtel de passe. Dans la chambre, ma voix s'est reprisée peu à peu, comme une angoisse qui se remballe.

LE JUS D'EAU

On est retournés chez moi, j'avais mes jeans troués. Tu portais un long manteau crotté et tes cheveux étaient propres comme les lacs dans le nord. On est ressortis. On a marché vers l'ouest, longtemps, assez longtemps pour que tu aies envie de pisser. On est allés à l'université McGill. J'ai fumé une cigarette sur le pas de la porte en t'attendant. Il y avait des belles filles. J'ai fait semblant de ne pas les voir. Je tétais mes hosties de Camel. Mes « hosties de Camels qui pusent » comme tu disais. Tu es ressortie. « Hostie d'université fasciste » qu'on avait dit. On est montés vers Westmount. Il faisait frette, alors on est allés manger un lunch dans un cinq étoiles. Ils nous ont eus par le ventre. C'est comme ça qu'une partie de la révolution a avorté. On n'en a pas fait un cas. On est redescendus en ville. On a été se coucher. On n'a pas couché ensemble. Tu voulais que je te masse le dos. C'était tout. Et tu as appris à m'aimer avec la même intensité que j'avais envie de mourir. J'ai entendu la porte de l'escalier fermer en Ré majeur. On s'attendait à ce que la police vienne cogner. C'est pour ça qu'on s'est embrassés dans le milieu de l'appartement comme si c'était la dernière scène. Et mon téléphone a sonné. J'ai répondu, j'ai dit « je ne peux pas parler. » C'était Margaux bien entendu. Tu t'es servi un verre d'eau, tu l'as bu d'une seule traite. Tu n'étais pas à l'aise. J'ai raccroché. Tu as claqué la porte. 10-4.

J'ai entendu le bruit de tes pas descendre l'escalier. C'est comme si tu rembobinais la nuit et que j'avais perdu la seule chose qu'il me restait. Quelqu'un est venu me voir. On s'est fait des petits verres de vodka avec des glaçons. On parlait de commettre un attentat. Il fallait remettre les choses en marche. Ce gars-là s'appelait Richard. On est partis et on est montés à Ottawa. Mais finalement, on ne l'a pas fait. On était trop chicken. Richard a conduit le camion en sens inverse pour revenir à la Place du Boulevard et je n'étais pas très jasant pendant le trajet. Richard non plus. Il se limait les ongles. Je ne sais pas à quoi il pensait. Il devait me trouver stupide, c'est évident. Je faisais juste dire de la merde sur moi-même. On est allés chez moi. C'est le lendemain, quand j'ai appris ce qui t'était arrivé, je suis allé te voir à l'hôpital. J'avais un bouquet. J'ai pleuré. On s'est réconciliés, mais tout ce que j'ai su c'est que tu t'es jetée en bas de tes larmes, et que tu as renversé la bibliothèque. Le reste t'appartient.

En somme, tu coupais en deux le pamplemousse de notre divorce. Il faisait froid. Je me sentais dans l'insécurité la plus stricte.

Le soleil se couche aujourd'hui sur Gatineau.

Je suis là. Toi aussi. Je pensais qu'il ne se coucherait plus jamais sur nous deux en même temps. Je confonds le bruit des avions avec celui des émeutes maintenant. Je n'ai plus la force de l'épice que j'étais. Mais tu vois, ça va, alors appelle-moi donc, je veux dire, personne ne va le savoir. On pourrait aller faire un tour de bateau. On pourrait aller à la pêche. On pourrait faire faillite et ça ne changerait rien. Je te jouerais du piano et je prendrais mes médicaments. J'ai commencé à cuisiner, Mylène. Je cuisine pour toi chaque fois. Je m'ennoblis, Mylène. La révolution n'a plus d'importance. Tu te mords la lèvre, comme si je venais de cerner l'origine d'une vérité. On recommence. Tu me tends la main « moi c'est Mylène. » Un long silence s'ensuit et je réponds que je m'appelle Beurre.

Le beurre c'est pour le pain. Le pain c'est pour tout le monde. Je recommence. Je réalise que je n'ai même pas ton numéro de téléphone. Pour peu, je deviens un autre arbre cet hiver. J'ai passé de longues nuits à la fenêtre de mon appartement, à laisser dégouter mon crachat sur les taches de peinture qu'on avait faites en bas, Margaux et moi. Je m'excuse de les avoir faites. C'est toi que j'aime, Mylène. J'essaie de rembobiner la nuit au fur et à mesure, pour qu'elle n'arrive jamais au bout de son rouleau d'opacité, mais je n'y arrive pas. Des fois, j'ai l'impression que le matin vient à contrecœur, alors c'est une petite victoire que je savoure. Et le lendemain matin, le cadran sonne à 8 heures. Je ne me lève qu'à moitié de bonne humeur. Je parle au passé. Tu n'es plus là, c'est sûr. Nous prenions notre temps pour bien boire notre café. Je recommence. Le bus nous a passés dans la face. J'ai craché dans sa direction, parce qu'il fuckait notre mood. Il se rendait vers les cafés qu'on a fréquentés ensemble. Ce n'était pas correct. On a viré des talons. On est revenus à la maison, on a mangé. On a laissé ça comme ça, les bols sur la table. On a joué au Nintendo, le vieux, avec les mannettes carrées. On était aussi kitch que le Mile-End.

EN SOMME

Ce jour-là, je sentais que je te perdais pour vrai. Je voulais revenir aux premières émeutes sur la rue Sanguinet. Que restait-il de l'oppression ? Ta tête était centrée dans tes cheveux ce jour-là, ça créait comme une tempête autour de toi. Je t'aime mon amour, t'en souviens-tu ? Dès que tu m'as vu, tu as flotté jusqu'à moi. Je t'ai déroulé une rue. Je marchais à côté de toi, en direction de nulle part. « Hostie de ville de fasciste » qu'on avait dit. Le ciel était noir comme une brulure. On n'entendait plus rien, plus de bruit de foule. Je me souviens de cette nuit-là. J'aimerais me rappeler tous les petits détails, la localisation de la lune, l'odeur de tes cheveux, trouver en moi le souvenir de la saveur exacte de ce café à St-Henri ou bien la couleur des murs, mais j'oublie tout jusqu'à la couleur de tes yeux et je n'aime pas ça. Au fond, ce soir, si tu ne dors pas toi non plus, la révolution n'a plus d'importance. Au pire, on ne libère jamais le pays et on n'en parle à personne.

GOODBYE 101

La maison refuse de se réchauffer, alors je maraude autour de la bouilloire pour me dénouer les jointures. Je me souviens de la date. Je me souviens de l'heure. Je t'ai réveillée à 8 h 10. Je m'en souviens, tu as dit « y fait frette ». Tu n'étais pas en forme toi non plus. On ne vibrait pas sur la bonne note. On avait l'air de deux voyelles. Je parlais par-dessus mes pensées pour couvrir mon malaise, on ne s'aimait plus c'était évident. Ce soir-là, on a passé la soirée tranquille devant la TV. À 10 h 13, Bernard Derome a fait un lapsus. Il a dit une affaire du genre « GHB » au lieu de dire « KGB ». C'en était trop : nous sommes allés nous coucher. Dans mon rêve, on s'est fait arrêter dans une église pour avoir allumé un lampion sans le payer. On avait réussi à se sauver, mais en courant par en avant, on avait l'impression de reculer. Ce soir-là, on a fait le pacte de ne jamais en parler à personne, parce que si la révolution ne se faisait pas, je ne voulais pas que la ville entière soit au courant. On est allés à la maison. On s'est assis en avant, dans l'escalier qui s'enroulait autour de notre divorce. Tu me frottais le dos, tu disais « dans le fond, ça change rien, t'es encore le même gars, c'est juste un concept, se séparer» et je sentais que tu avais raison. Je voulais sourire pour m'aider. Je me disais que tout ce que tu disais était bon, mais je devais me forcer pour voir ça de même. On était face à face parce que j'avais brisé quelque chose en couchant avec Margaux. Ce n'était pas nécessairement un hymen, mais quand même. Quand tu as fini de parler, j'avais la face rouge comme la Chine. Mes yeux bridés regardaient dans le vide et j'avais réussi une fois de plus à manquer mon coup. Tu m'as pris par la main, comme on prend un avion qui extrade vers le seul pays qu'on avait jamais essayé de libérer ensemble.

FIN

Table des matières

Du même auteur

La lune n'aura pas de chandelier, Montréal, Éditions de l'Hexagone, 2007.
Gyrophares de danse parfaite, Montréal, Éditions de l'Écrou, 2010.
Le naufrage des colibris, Montréal, Éditions de l'Écrou, 2013.

MIXTE
Papier issu de
sources responsables
FSC® C100212

Achevé d'imprimer
pour le compte des Éditions Perce-Neige
en janvier 2015.

Imprimé au Canada
sur les presses de l'Imprimerie Gauvin, Gatineau, Québec.

L'intérieur de ce livre a été imprimé sur papier contenant
100 % de fibres postconsommation et certifié FSC.